# LA VIREVOLTE

# NANCY
# Huston

## LA VIREVOLTE

*ROMAN*

*Qu'est-ce que la danse, sinon
l'essence étouffée d'un cri ?*

R. M. Rilke

# PREMIÈRE PARTIE

# LA SOLISTE

Ce corps est sorti d'elle.

– Une fille, disent les personnes dont les mains manipulent maintenant avec adresse, là-bas, les minuscules membres anguleux et les brillantes masses poisseuses des fesses et de la tête velue, puis plongent au fond du gouffre béant qu'est le corps de Lin pour en extraire la forme rouge-noir battante de chair vivante qui n'appartient à personne, ni à elle ni à l'enfant, puis se mettent à la recoudre.

Peu importe ce qu'on lui fait maintenant, cela lui est égal, ce corps est sorti d'elle. Il se trouve sur le toit de sa maison vide et ses lèvres se sont emparées de son mamelon et tirent : leur mouvement a la rapidité d'un cœur qui bat, et la férocité du sexe. Un être qui se comporte comme un vrai bébé vivant qui serait sa fille. Une chose si frêle et fine alors qu'elle avait pesé comme une pierre dans ses entrailles. Pendant que le loup dormait, bouffi et malade d'avoir englouti sept petits chevreaux coup sur coup sans même les avoir mastiqués, la chèvre se précipita au secours de ses petits : d'un seul coup de couteau elle fendit le ventre du loup et les sept chevreaux jaillirent sains et saufs, ensuite ils lui remplirent le ventre de pierres avant de le recoudre et quand le loup se réveilla, ô mon *Dieu*... Mais là, c'est la pierre qui a été remplacée par un enfant et non l'inverse, et on est en train de recoudre la chair déchirée et Lin est mère. Non seulement cela, mais Derek est père. Ses mains ont cessé de lui éventer nerveusement le visage et de lui lisser les cheveux ; maintenant l'une de ses mains serre sa main à elle et il a posé l'autre doucement sur l'étroit dos emmailloté de sa fille. Tant de nouveaux termes monumentaux qui entrent soudain en jeu. Voici quelques secondes, fille, mère et père n'existaient pas et maintenant ils sont là, ces pauvres clichés ont été violemment et instantanément promus en symphonies de Beethoven, chorales d'anges, flots de lumière. L'infirmière continue de faire ses points de croix là-bas et Lin trouve agréable la piqûre de l'aiguille, comparée au récent cataclysme de tout son être.

Une fois rincés de la glu utérine et frottés avec une serviette-éponge, les fins cheveux soyeux d'Angela apparaissent blonds. Sa tête se niche dans le creux du bras gauche de Lin et ses lèvres se mettent à pomper impérieusement afin de tirer de son sein le pâle liquide qui n'est pas encore du lait. Elle regarde Lin fixement, comme si chaque seconde de contact entre leurs yeux lui apportait autant de nouveauté et de nourriture que chaque succion.

Angela avale avec voracité le regard de sa mère.

Le pavillon est une clameur de cris et de roucoulements et de câlins. D'autres mères appuient d'autres petites bouches brailleuses contre leurs mamelons qui gouttent. Allez-vous-en de mon bonheur, pense Lin.

Angela est l'unique bébé au monde, et Lin, l'unique mère.

Comment ne saurait-elle pas nettoyer le chicot de chair croûtée, là où rebondit le ventre de sa propre fille ?

Sous la douche, Lin savonne et frotte son corps vide, vigoureusement sous les aisselles, délicatement entre les cuisses. Elle est toujours là. Elle n'est pas morte et elle n'est pas devenue quelqu'un d'autre. Non seulement elle est toujours elle-même, mais elle est mère. Non seulement elle est encore en vie mais quelqu'un d'autre l'est également, totalement, là-bas au bout du couloir, et elle sent la vie de cet être tirer sur les fibres de son cœur. C'est comme l'amour fou mais sans les ténèbres, sans les griffes lacérantes de la peur.

Les pieds d'Angela. Ces mêmes pieds qui lui avaient mille fois infligé d'étranges coups mats à l'estomac, la vessie, les intestins et les poumons. Ses orteils sont longs et recourbés, les ongles des fentes à peine visibles, il y a des rides partout.

Absurdement grands, venant à la fin de jambes aussi chétives, absurdement petits à côté de n'importe quelle paire de chaussures. Sauf les bottines pastel tricotées par Violet, la mère de Derek, avec des rubans glissés dans les mailles à la cheville pour bien les attacher mais, malgré les rubans, les grands pieds rouges se déchaussent sans cesse, le gauche s'agitant toujours nu et froid, déshabillé par le droit douillettement au chaud.

Son bain. Le bras gauche courbé sous le haut du dos d'Angela, sa main droite tenant une éponge, Lin lave doucement le ventre rond, lave les pattes de grenouille écartées en cinquième position grand plié, lave le sexe indiciblement joli. Les grands yeux d'Angela suivent chaque frémissement, chaque pétillement du visage au-dessus d'elle. Elle est si à l'aise dans l'eau tiède, si extatiquement abandonnée.

Pendant les grands pans blancs du sommeil de sa fille, Lin va à la salle d'exercices de la clinique qui est souvent vide ; elle s'étale sur le parquet, se contracte et se détend, se contracte plus fort et se détend profondément, se réhabituant à l'idée d'être la seule personne dans son corps. Parfois lorsque, assise, elle se penche en avant, de plus en plus loin en avant, des gouttes de lait filtrent à travers sa chemise et éclaboussent la peau nue de ses genoux.

– Vous serez sur les planches en un rien de temps, madame Lhomond, lui dit l'infirmière un jour, la voyant sortir de la salle d'exercices. Et Lin hoche la tête, radieuse.

Ils glissent la masse imposante du *Sunday Times* dans le sac de la poussette où il manque tout juste de faire basculer en arrière leur petite fille. Ils rient. Ils ont tendance à rire au moindre prétexte.

Angela dort, emmitouflée dans des couvertures en lainé, ses yeux bien protégés du soleil. Assis sur un banc du jardin public, comme Derek et Lin ont les mains occupées et salies par le journal, ils se tiennent par les pieds, les jambes entrelacées.

– Regarde-moi ces gens, dit Lin au bout d'un moment. Mais regarde-les.

Les autres bébés sont désespérément potelés, ils sont habillés de teintes synthétiques criardes roses, jaunes et bleues pour ne rien dire de ce nouveau vert récemment concocté par l'industrie du vêtement, le seul vert qu'il ne fût jamais venu à l'esprit de la nature de produire. Par contraste, les habits d'Angela ne sont que douceur et brume, nymphéas tremblotants et cumulus légers. Tous les bébés de plus d'un an, ceux qui savent déjà marcher, semblent monstrueux : comme des géants de cirque ou des hommes sur des échasses, des adultes en train de mimer des bébés. Les mères papotent sur leurs bancs, crient des ordres à leurs rejetons et leur chipent des biscuits quand ils ont le dos tourné.

D'un geste de la tête, Lin montre une famille.

– Tu vois ? La femme est tout absorbée à enfourner des bananes écrasées dans la bouche de son fils, tandis que l'homme regarde passer les jeunes filles froufroutantes d'un air penaud. Il est obligé de rester planté là à feindre de s'intéresser à son bout de chou dodu, mais tout bas il se dit

Mon Dieu, si seulement je pouvais me glisser entre les lattes de ce banc, là, pendant que Mathilde regarde ailleurs…

– Le pire, renchérit Derek, c'est que s'il n'avait pas dansé de façon aussi vicelarde, se trémoussant contre Martha et lui soufflant de l'air chaud dans le cou en insistant pour aller jusqu'au bout, il n'y aurait pas eu de lardon en train de glouglouter dans ce landau.

Ils s'embrassent.

– Ouais, dit Lin. Ç'aurait été un landau singulièrement vide.

– Dommage de le laisser vide, dit Derek, étant donné cette alternance esthétique de rayures jaunes et blanches.

Ils s'embrassent.

– Et toi, tu n'as pas envie de te précipiter à la poursuite de tous ces beaux brins de fille ?

– Oh ! moi… J'ai attendu longtemps la perfection, tu sais.

– Si on peut appeler ce genre de comportement attendre.

Ils s'embrassent, s'embrassent, la langue dans la bouche l'un de l'autre. Angela se réveille et ils bercent doucement sa poussette tout en s'embrassant, en s'embrassant.

La merde est très bien. Ils rivalisent pour voir lequel d'entre eux arrive à nettoyer le mieux et le plus rapidement le cul d'Angela. Ils posent des baisers sur ses fesses blanches, frottent leur joue contre la peau soyeuse. Le visage d'Angela, quand ils la changent, est calme et grave.

Lin aime regarder les mains de son mari, les mains d'un professeur de philosophie, défaire les six boutons-pression l'un après l'autre, retirer les grands pieds rouges d'Angela des pieds du pyjama et ôter la couche souillée, écarter les minuscules plis de sa vulve et la laver soigneusement, essuyant toujours du sexe vers l'anus, jamais l'inverse, puis la sécher avec de la poudre, lui mettre une nouvelle couche et reglisser ses pieds dans les pieds du pyjama et refermer les six boutons-pression l'un après l'autre.

Sa chair intérieure est toujours à vif et ses seins sont tendus et enflés, le bleu des veines visible, elle ne peut pas encore le recevoir dans la grotte d'où a jailli le bébé mais il n'est pas pressé : la vue de ce volcan, ce nœud de chair vivante brûlante et bouillonnante l'avait laissé abasourdi comme Moïse devant le buisson ardent alors ils flottent ensemble dans d'étranges limbes sensuels, trouvant le plaisir avec leur bouche, leurs doigts, leur peau, pleurant parfois sans raison.

En présence des amis, ils parlent d'Angela comme ils ont toujours entendu les autres parents parler de leurs enfants : comme si de rien n'était. Parfois ils se forcent même à bougonner au sujet de ses repas nocturnes. Cette nonchalance, se disent-ils, doit faire partie d'un immense complot parental pour jeter de la poudre aux yeux des non-parents.

Theresa arrive après le petit déjeuner trois fois par semaine, avec son tablier et ses savates dans un sac en plastique, pour nettoyer la crasse laissée par Lin et sa famille. Elle est italienne, la quarantaine. Certaines familles, a-t-elle confié à Lin, s'attendent à ce qu'elle lave à la main les slips souillés, qu'elle récure les casseroles aux croûtes brûlées vieilles d'une semaine, qu'elle débarrasse les coussins des poils de chien. Ici, non, le ménage à faire est relativement propre.

Lin est dans sa salle de danse, ce grenier spacieux avec ses poutres apparentes et son mur de miroirs et son parquet, la première pièce qu'elle et Derek avaient fait rénover en achetant la maison. Elle met ses vieilles chaussettes en laine avec les orteils et les talons découpés. C'est la première fois.

Excitée, elle va à la barre. Lentement ouvre ses articulations et les lubrifie. Oui elle peut à nouveau se pencher depuis la taille, jambes tendues, et poser ses deux coudes par terre. Oui elle peut à nouveau plaquer son pied contre le mur, loin au-dessus de sa tête, et appuyer son visage contre son genou. Peu à peu ses bras et ses jambes s'allongent et son dos se dilate ; elle devient géante.

Au bout d'une heure de travail, en général, elle pénètre dans ce lieu où ce n'est plus elle qui produit la danse mais la danse qui la produit, la danse qui s'empare de ses pieds et de ses bras et de sa taille et la fait tournoyer, la retient et la relâche selon son gré.

Oh cette chose silencieuse, cette contradiction dans les termes

cette transfiguration du corps en esprit

cet art de la chair périssable

cette éphémère éternité

Mais aujourd'hui l'échauffement suffit pour la drainer de toutes ses forces. À onze heures du matin, elle se love dans un coin de la salle et tire une serviette de bain sur son corps.

Ils ont trouvé une crèche pour Angela. Chaque jour en fin d'après-midi, ils ont le droit de pénétrer dans une salle où grouillent des petits corps, d'en extraire un sous prétexte qu'il est à eux, et de le ramener à la maison.

Lin va dans la chambre d'Angela et s'agenouille par terre, près de son lit à barreaux. Elle écoute la respiration régulière de sa fille. Tout cela est si bon. Lin n'a jamais peur qu'Angela meure dans son sommeil. Elle ne se penche jamais sur le lit de sa fille pour s'assurer qu'elle n'a pas cessé de respirer.

– *Derek !* crie Lin, si fort qu'Angela se réveille dans un sursaut. Derek ! Elle s'est retournée dans son lit. Elle s'est retournée toute seule, je te le jure ! Je l'ai posée sur le dos et maintenant elle est sur le ventre – viens voir, viens voir !

Lin et Derek joignent leurs quatre mains et caracolent autour de la chambre de leur fille. Celle-ci soulève sa tête branlante et les regarde avec des yeux ronds, incertaine si ce brouhaha est bon ou mauvais signe.

Ils la remettent sur le dos. Elle se débat, vacille, retombe sur le ventre.

Ils l'applaudissent, déchaînés ; la remettent sur le dos.

Mais Angela est épuisée : elle a beau s'arquer et donner des coups de pied, le visage rouge de fureur ; elle n'arrive pas à se retourner une troisième fois.

Rachel passe les voir avec en cadeau un pyjama noir pour Angela et Lin sait ce que cela veut dire : c'est un rappel de leur ancien amour de la mort, cette propension qui pendant tant d'années avait soudé les deux jeunes filles ensemble. Elle frissonne en mettant pour la première fois cette noirceur autour de la nuque bouclée de sa fille, mais le résultat est irréfutable.

Au lycée elles s'étaient reconnues sur-le-champ : notes excellentes, cernes sous les yeux, goût prononcé pour le silence. Telles des jumelles sinistres, elles avaient été pâles et hâves et crispées ensemble, serrées dans des vêtements noirs, fumant cinquante cigarettes par jour tout en s'affamant jusqu'à l'émaciation parce qu'elles tenaient à rester à l'extrême limite de la vie, aussi près de l'os que possible. Elles n'avaient pas demandé à vivre et leur intérêt pour la vie était feint et forcé. S'il fallait absolument vivre, elles souhaitaient le faire le plus rapidement possible et en avoir fini ; ainsi travaillaient-elles dans un état d'indifférence frénétique, Lin à sa danse et Rachel à ses philosophes grecs, aspirant à la perfection pour la seule raison qu'elle leur paraissait semblable à la mort. Elles mangeaient chichement et irrégulièrement, fumaient non en dépit mais à cause des risques que cela entraînait, surtout pour Lin, préférant le poison du danger à la complaisance mièvre de la bonne santé, remplissant leurs journées à ras bord, se levant chaque jour à l'aube, refusant les siestes et les vacances, sentant néanmoins le tic-tac des secondes dans leur dos et haïssant chacune d'elles individuellement.

Ce n'est pas que leurs idéaux fussent ternis : non, elles n'avaient jamais eu d'idéaux parce qu'elles n'avaient jamais eu de mère. Celle de Lin, terrassée par une hémorragie cérébrale à l'âge de vingt et un ans, avait pris le chemin du paradis quand sa fille était encore toute petite ; celle de Rachel s'était détournée d'elle, écœurée, dès qu'elle avait vu son sexe : une fille ne saurait remplacer tous ses savants oncles et cousins et grands-pères gazés à Birkenau. Les deux filles avaient continué de vivre par la seule force de l'inertie. Elles n'avaient aucun instinct pour s'occuper de leur corps parce que leur corps avait toujours été manipulé par des femmes sans tendresse. Elles avaient laborieusement appris, comme dans un manuel, les gestes qui pouvaient leur faire du bien ou du mal, et avaient tendance à préférer ces derniers. Dieu n'existait pas, leurs pères étaient occupés ailleurs, il n'y avait pas encore de mari à l'horizon ; puisque personne n'exerçait sur elles d'autorité, elles-mêmes étaient devenues l'autorité incarnée : bourreau et victime réunis en un seul corps, un seul esprit.

Rachel était restée fidèle à leur philosophie partagée : réussir en tout, ne croire en rien. Lin l'avait trahie.

Elle croit maintenant, dur comme fer, au jeu de cou-cou-beuh avec Angela. Elle y joue de tout son cœur, alors que selon les termes de l'accord passé entre elle et Rachel, elles n'avaient pas de cœur.

Cinquante fois de suite, Angela se couvre la tête d'une serviette et s'appelle elle-même :

– Aaaaa-laaaa !

Cinquante fois de suite, Lin retire doucement la serviette. Cinquante fois de suite, ravie, Angela éclate de rire. Lin rit aussi, mais pas pour la même raison.

Dans les yeux de Rachel elle voit la conscience de cette trahison, mais pas de reproche.

Buvez ceci et votre queue de poisson se transformera en une paire de jambes humaines. Mangez ceci et vous grandirez d'un seul coup. Mettez ceci dans votre poche et vous deviendrez invisible. Faites l'amour avec cet homme et, en moins de temps qu'il n'en faut pour le dire, il y aura un bébé vivant et gigotant sous vos yeux. C'est incroyable, se dit Lin ; c'est impossible.

*Tout n'est qu'illusion*, avait écrit Isadora au père de sa première enfant. *Mais le bébé n'est pas une illusion. Il est superbe.*

Lin leur sert du café. Très serré pour Rachel, moitié lait pour elle-même.

– Tu ne fumes plus ? demande Rachel.

– Arrête, j'ai horreur des conversations sur qui fume et qui ne fume pas, c'est pire que les conversations sur les ordinateurs. Fume, vas-y, ça m'est égal.

– À propos, j'ai rêvé de mon ordinateur, l'autre nuit.

– Tu te fous de moi ?

– Non, sérieusement, dit Rachel. Je travaillais à mon ordinateur quand soudain le texte a disparu et une énorme bouche est apparue sur l'écran avec le message imprimé : J'AI FAIM ! Si je ne lui donnais pas un bon gros dictionnaire, il cesserait de produire des phrases et tomberait en panne. Comme je n'avais pas de dictionnaire sous la main, j'ai pris un tas de vieux annuaires et les lui ai fourrés dans la gorge.

Ensemble les deux femmes se tordent de rire.

– Tu as l'air tellement épanouie, dit Rachel au bout d'un moment.

– Oui, je sais, dit Lin. Ça m'inquiète.

– Ah. Ça m'aurait inquiétée que ça ne t'inquiète pas.

– Oh, Rachel ! je me sens tellement bien, c'est terrifiant.

– Écoute, tu as toute ma sympathie.

– Ça ne ressemble pas du tout à ce qu'on raconte, la maternité.

– C'est-à-dire ?

– Oh, tu sais... la femme dans sa cuisine, tramant de sales complots... s'infantilisant avec ses enfants...

– Oui, des bobonnes mal attifées, les cheveux en bigoudis...

– De vieilles savates aux pieds...

– La tête dans la lune...

– Se laissant aller à regarder la télé l'après-midi...

– Perdant tout espoir...

– Gifiant leurs gosses…

– Maquillant et remaquillant leur pauvre tronche…

Elles rient. Et puis Rachel dit :

– Allez, on peut toujours être amies, tu sais. Même si tu es heureuse.

Angela a cinq mois et Lin l'a mangée.

Elle avait voulu revivre sa grossesse, cette sensation du bébé à l'intérieur d'elle, surtout le maelström rugissant d'Angela en train de glisser d'elle, énorme et mouillée.

L'ingestion elle-même n'avait pas été effrayante : il n'y avait pas de sang, et le bébé, à force de rôtir au four, s'était ratatiné au point de n'être plus qu'une bouchée. Ce n'est qu'après, alors que c'est trop tard, que Lin se rend compte que cette méthode de fécondation ne marchera jamais et qu'elle a irrémédiablement détruit sa fille. Elle hurle en silence jusqu'à ce que le petit cri matinal d'Angela la réveille, et alors elle bondit du lit.

Bientôt, Angela cessera de tourner instinctivement la tête vers le sein de sa mère quand elle le sent contre sa joue.

Il y a en Lin une nouvelle danse, qui meurt d'envie de naître. Et comme toujours le fait de l'approcher, de laisser proliférer les images, la rend malade de peur. Susie sa jeune danseuse noire pourrait jouer la fille. Elle sera endormie dans un coin de la scène, enroulée dans des mètres et des mètres de tulle d'un blanc très pur. Un bébé emmailloté… Puis elle se lèvera et se balancera, tournoyant lentement sur elle-même pour dérouler le tulle qui deviendra son voile de mariée. Maintenant elle n'est plus un bébé mais une jeune femme et elle se débat, ligotée, emprisonnée par le voile, une momie bandée vivante pour le mariage. Elle se tord dans tous les sens, la bouche ouverte en un interminable cri silencieux. Et Avital qui joue la mère se précipitera à ses côtés, pressera le corps de sa fille contre le sien et se balancera avec elle tout en l'enlaçant. Les cheveux longs de la mère se prendront dans les pans de tissu – tout cela très lent, très lent –, des larmes ruisselleront le long de ses joues pour se mélanger à la chevelure et au tulle… Mais peu à peu la fille se détache, s'arrache à la mère et se met à danser pour elle-même, libre et souveraine, laissant Avital toute seule tandis que le voile s'enroule autour de son corps à elle, la serrant de plus en plus étroitement… son linceul. Elle s'affaisse sur le sol et meurt.

Ceci est l'une des scènes, ça pourrait être très beau.

Le tout doit être prêt, Dieu sait comment, dans un mois.

– Angela, où es-tu ?

C'est la première fois que Lin prononce ces mots. Sa fille vient de traverser le pas de la porte en rampant comme une chenille, bras cuisses et ventre la propulsant hors de la vue de Lin.

Un jour, elle descend déjeuner à une heure et Theresa est toujours là, elle n'a fini que la moitié du repassage. Elle a les joues rouges et bouffies à force de pleurer et ses yeux sont comme de petites bêtes prises dans un piège, en proie à la panique. Lin est brusquement submergée par une vague de nostalgie, à l'idée d'une existence douloureuse et difficile avec des repas bruyants et sales, une famille qui rit très fort et se dispute en agitant les mains en l'air

Les mains de son père à elle, dont les empreintes digitales et les lignes de vie étaient imprimées en noir indélébile par la graisse et l'huile de moteur, ne s'agitaient jamais en l'air – sauf si elles étaient refermées en un poing, ou bien s'il venait de gagner au poker – oui, elles pouvaient alors brandir triomphalement des bouquets de dollars sous le nez de Lin à deux heures du matin, après les jeux débraillés au cours desquels elle faisait semblant de dormir sur son lit de camp installé dans un coin du salon. À travers ses cils, Lin regardait Bess sa belle-mère, échauffée par les enchères, arracher son pull puis hurler de rire quand un des hommes plongeait sa main dans son soutien-gorge, prétendument pour y chercher un as caché, tandis que son père posait brutalement son verre sur la table et criait Mesdames et messieurs, le nom du jeu sera… Croix brûlante ! Quand Lin se réveillait le dimanche matin, il y avait souvent deux ou trois joueurs affalés sur le sol près d'elle, les bajoues hirsutes et la ceinture défaite ; pour aller aux cabinets elle devait contourner sur la pointe des pieds leurs corps nauséabonds.

Ils ont du mal à croire qu'un jour, en plus de toutes ses autres capacités miraculeuses, Angela va apprendre à parler.

Les répétitions se passent mal, en partie parce que Susie la jeune Noire est si terriblement douée. C'est une femme menue et sinueuse, presque chétive, presque une adolescente maigrichonne qu'on croiserait à Harlem sans lui accorder un regard – maussade, éteinte, pour ainsi dire invisible – mais, dès qu'elle se met à bouger, son corps et son visage s'illuminent de l'intérieur et la beauté gicle sur la scène. La grâce naturelle de Susie fait ressembler les autres danseurs à des débutants, des gens en qui vient tout juste de poindre l'idée qu'ils pourraient se servir de leur corps pour autre chose que de la marche. Elle a les mains et les pieds longs et osseux, préhensiles, ses doigts ont l'air d'avoir sept articulations au lieu de trois et elle sait ramasser des objets avec ses pieds comme s'ils étaient des mains ; chevilles et poignets esquissent de petits mouvements en dedans, en dehors – et leur position est toujours exactement juste, emplie de sens, un éclat de poésie au milieu de la prose.

– Arrêtez, dit Lin. Reprenez, s'il vous plaît.
– Bon, arrêtez, dit Lin. Reprenez.
– Encore, dit Lin.
– Encore.

Soixante, soixante-dix fois au cours de l'après-midi, Lin demande à Avital et Susie d'exécuter la même série de pas – un tournoiement qui n'occupera finalement que trois secondes du spectacle, joué combien de fois en tout devant combien de spectateurs blasés ? – mais cela ne fait rien, dit-elle toujours à ses danseurs. Une si grande partie de notre existence se déroule au petit bonheur, on supporte tant d'à-peu-près et de gaspillage, tant de paroles en l'air et de bâclage : il faut qu'au moins une chose quelque part soit comme il faut, qu'un lieu même minime soit préservé pour le sacré, qu'un hommage soit rendu à la perfection – près, aussi près qu'il est humainement possible – plus près encore...

– La forme ! les admoneste-t-elle. La forme doit être aussi distincte et inévitable que le V des oiseaux migrateurs.

Lin voit Avital qui rougit et s'impatiente, consciente que toutes ces reprises sont de sa faute. Son humiliation se mue peu à peu en ressentiment : Lin doit faire en sorte que tout

24

cela soit reconverti en énergie pour la danse, non pas dilapidé en mots de colère, non pas étouffé en un silence amer.

– Pourriez-vous reprendre au même endroit, s'il vous plaît ?

Personne ne peut danser avec Lin sans avoir d'abord ravalé sa fierté, sans être prêt à encaisser des après-midi entiers de critique impitoyable. La fierté doit venir après le spectacle, pas avant.

Ce *soin*. Cette attention incroyable, incommensurable – folle – aux détails.

Ils sont en train de préparer le repas du soir, Angela a quatre dents, elle tape son bol en plastique contre la tablette de sa chaise haute tout en chantant à tue-tête. Dehors la neige tombe et tombe, la soirée est douce. Lin égoutte les carottes, les met dans le bol et les écrase avec une fourchette, elles sont encore orange vif, cuites à point, tendres mais non molles, elle ajoute un peu de beurre et un peu de sel et une minuscule pincée de sucre, puis elle met un œuf à cuire et, comme elle glisse des cuillerées de carotte entre les lèvres d'Angela, elle s'émerveille du nouveau tintement des dents contre la cuiller.

Ensuite une dispute éclate. Derek et Lin se disputent au sujet de Noël. Lui qui est juif et athée n'a pas envie de fêter Noël. Elle qui n'est rien de particulier en a subitement envie. Les voix s'élèvent. Lin pose violemment la cuiller d'Angela sur la tablette, faisant tomber le coquetier et se renverser l'œuf ouvert. Elle ôte ses savates, chausse ses bottes et quitte la maison en claquant la porte

mais, descendant en trombe les marches enneigées du perron et se ruant vers la voiture, elle est poursuivie par les cris d'Angela

elle enfonce la clef de contact et appuie à fond sur l'accélérateur, faisant hurler de rage le moteur

puis elle l'éteint

elle n'a plus le droit de faire cela

Derek est derrière elle, il a glissé les bras autour de sa taille et maintenant sa langue suit en descendant les crêtes et les creux de son oreille gauche. Lin s'assoit lentement sur le lit tout en tournant son corps pour être face à son mari.

Lui serrant les hanches de ses deux mains elle écrase ses yeux, son nez, sa bouche contre son pantalon. Le sentant durcir à travers le tissu, elle a les doigts et le cuir chevelu et les bouts de seins qui fourmillent

elle tient son sexe entre ses deux mains et délicatement avec sa langue fait le tour du fragile anneau de chair, puis écarte ses lèvres

il plonge ses mains dans ses cheveux et tire dessus, pour s'amarrer et aussi pour différer les vagues de plaisir, elle a les larmes aux yeux, elle est pleine de lui, il lui enfonce ses ongles dans les épaules, cela dure, cela dure et puis il vient en bramant, il brame encore, encore, son corps s'abat de tout son long sur elle.

Le cri – le petit cri plaintif – et Lin est debout, s'avançant rapidement pieds nus, les yeux mi-clos. Encore le cri, et déjà elle se penche sur le lit de sa fille.

Sa main sur la tête de l'enfant produit l'effet d'une baguette magique : Angela se rendort.

Trois heures durant, Lin conduit vers l'ouest avec Angela dans son siège à l'arrière. Elle a apporté des jonquilles de leur jardin pour Bess.

Le quartier et la maison sont aussi lugubres que dans son souvenir. Comment les gens peuvent-ils mettre du néon dans leur cuisine ? se demande Lin. Même Angela a l'air moche et tacheté sous cette lumière.

– Où est papa ?

– Oh, il a dû aller au magasin chercher de la bière, répond Bess d'un air vague.

– Je vais faire un petit tour dans le quartier avec Angela, en attendant que bon-papa revienne.

– Mais tu viens d'arriver !

– Oui je sais, dit Lin en plantant un baiser sur la joue flasque de sa belle-mère. Mais le voyage m'a abrutie, j'ai envie de me dégourdir les jambes.

Elle fait avancer la poussette le long du trottoir, fixant les pieds de sa fille dans leurs chaussons roses. Là, aujourd'hui, tes pieds sont précisément de la même longueur que mon médius.

Au-dessus d'elles flottent les voix d'une mère et de son fils qui passent la journée dans un appartement sordide. Le garçon émet des glapissements irrités. La mère l'imite avec sarcasme. Le garçon pousse un cri d'indignation. La mère le gifle. Le garçon hurle. Après un bref silence, la mère se met à chanter une berceuse en portugais. Lin fait demi-tour avec la poussette, s'éloignant le plus rapidement possible de cette scène où se mêlent lait et lynchage.

28

Le ventre de son père a triplé de volume et ses mains aux lignes noires tremblotent. Lin remarque qu'il a du mal à soutenir son regard. La conversation est vaseuse : des plaintes alambiquées sur des factures d'électricité laissées impayées par le propriétaire du garage, qui s'enlisent dans des disputes. Bess leur sert des montagnes de macaronis au fromage sur des assiettes en plastique, puis fait la vaisselle alors qu'ils sont encore à table. Lin sent que les vapeurs âcres de bière et de cigarettes et de médiocrité sont en train de polluer lentement sa fille.

Elle téléphone à Derek depuis la chambre aux froufrous sales de Bess, et – prétextant une urgence à la maison – elles repartent le soir même.

Tout en roulant, Lin peste intérieurement contre la réalité. Cette fatigue maintenant, autour des yeux de Bess. Sa façon angoissante de manger, se gavant de nourriture comme pour colmater une brèche intime béante. Pauvre Bess… mon père boit de plus en plus depuis qu'il a pris sa retraite, et cela l'inquiète. Elle est si bonne pour lui, si absolument loyale…

Pourquoi les gens n'embellissent-ils pas au lieu d'enlaidir à mesure qu'ils prennent de l'âge ?

La réalité toute nue, plate, arbitraire.

L'essence n'y luit que par intermittence.

– Où elle est ma maman ?

– Mais elle est là, dit la gardienne du musée, en montrant Lin du doigt.

D'un air joyeux, Angela traverse la pièce en courant et s'enfouit le visage dans la jupe de Lin. Puis elle retourne auprès de la gardienne.

– Où elle est ma maman ?

– Mais elle est là.

D'un air joyeux, Angela traverse la pièce en courant et s'enfouit le visage dans la jupe de Lin.

– Où elle est ma maman ?

– Mais elle est là.

D'un air joyeux, Angela traverse la pièce en courant et s'enfouit le visage dans la jupe de Lin. Puis elle retourne auprès de la gardienne.

Où est ma maman ?

Lin sait que sa mère s'appelait Marilyn et que c'était une fugueuse. Elle s'était sauvée de la maison à l'âge de dix-sept ans parce que ses parents l'assommaient régulièrement avec des poêles à frire et des cannes de golf et des fusils de chasse. Elle avait volé une voiture alors qu'elle savait à peine conduire, roulé vers l'est jusqu'à ce qu'elle tombe en panne d'essence, puis fait du stop avec le bidon jusqu'au village le plus proche où elle s'était mise à la recherche d'une station-service. Joe, qui se trouvait par hasard aux pompes ce jour-là, avait été médusé par ses yeux sauvages. Quinze jours plus tard elle était enceinte et quatre ans plus tard elle était morte. Elle était blonde. Elle et Joe avaient été amoureux.

C'est tout ce que Lin sait d'elle.

Elle n'a jamais cherché à trouver ses grands-parents maternels, qu'elle tient responsables de l'hémorragie survenue dans le cerveau de sa mère âgée de vingt et un ans.

Angela monte l'escalier en comptant les marches à voix basse : deux, sept, deux, sept, deux, sept, deux, sept.

Ils sont au lit, à minuit.

– Ce matin, dit Lin, j'ai appris à Angela à mettre ses chaussettes. Je lui ai dit : Regarde, on met le talon ici, tu vois, en bas, parce que c'est là que se trouve ton talon à toi. Si on le met dans l'autre sens, il y aura une grosse poche vide en haut pour rien, tu comprends ?

Derek rit.

– Ce n'est pas drôle du tout, dit Lin. Pour ce qui est des chaussettes, elle nous a déjà quittés.

Trois choses doivent être établies à propos de chaque objet : est-ce que c'est vivant, est-ce que ça parle, est-ce qu'on peut le caresser ?

– Hé, arrête de tripoter mon zizi.
– Je le caresse. Est-ce qu'il sait parler ?

– Qu'est-ce que c'est ?
– C'est un orvet.
– Il sait parler ?
– Non, il est mort.
– Et quand il est vivant il sait parler ?
– Eh ! non.
– On peut le caresser ?

– Est-ce que je vais mourir, maman ?
– Oui, tout le monde va mourir.

31

– On pourra plus parler ?

– Non, on ne pourra plus rien faire. Mais ne t'inquiète pas, ça n'arrivera pas avant longtemps.

– Maintenant on peut parler ?

– Oui, parce que maintenant on est vivants.

– Et *toi,* tu vas mourir, maman ?

Une merveilleuse comédie, sur laquelle le rideau tombera un jour ou l'autre.

Charcutée par un faiseur d'anges alors qu'elle était encore adolescente, Bess ne pouvait avoir d'enfants. Chère Bess, pardonne-moi. Je n'ai jamais réussi à t'appeler maman. Je sais que tu as toujours fait de ton mieux.

Mais j'ai dû appeler ma mère maman. Si elle est morte quand j'avais deux ans, j'ai dû l'appeler maman des milliers de fois.

C'est Bess qui, involontairement, en amenant sa belle-fille voir un spectacle de marionnettes, lui avait révélé sa vocation. Ce samedi après-midi pluvieux avait changé la vie de Lin. Le soulagement, inouï : il y a donc un autre monde ! On n'est pas obligé de vivre tout le temps dans celui-ci !

Elle avait quatre ans.

– Ne touche pas aux affaires de maman, dit Derek à Angela.

Alors c'est réellement vrai. Même quand elle n'est pas là, Lin est toujours maman pour Angela. C'est absolument sérieux, pas une comédie du tout.

– Pourquoi les petites filles passent-elles leur temps à glousser et à chuchoter ? demande Lin. C'est hormonal, tu crois ?

– Je n'en sais rien, dit Rachel.

Lin baisse la voix.

– Tu crois que les petites filles des cavernes gloussaient et chuchotaient, elles aussi ? dit-elle en chuchotant.

Toutes deux poussent un gloussement.

– Viens, on va prendre le bain, dit Derek.

– Non, j'ai pas envie.

– Si, si, viens, ce sera un bain très agréable.

– D'accord.

– D'accord ?

– Je prendrai juste l'agréable, pas le bain.

Depuis la cuisine, Lin entend Derek pousser des pseudo-cris perçants – Papa ! Arrête ! dit-il. Tu me mets du savon dans les yeux ! – pour qu'Angela rie au lieu de pleurer quand il lui rince les cheveux.

La nuit enserre tendrement la maison. Lin fait revenir les morceaux d'agneau, attentive à la manière dont ils sifflent quand elle les détache de la poêle avec la cuiller en bois, les retourne du côté rouge qui brunit, s'attache et siffle à son tour en faisant danser des gouttes d'huile brûlante. La bonne odeur remplit la cuisine. Lin jette les épluchures d'ail puis, contemplant la poubelle, se met à passer en revue chaque parcelle de son contenu : la graisse figée, le marc de café, les boîtes de conserve, les pots de yaourt maculés de rose, les couches souillées, toute cette riche saleté, tout cet humus moelleux, et puis les souvenirs d'ordures, des rues sombres à Manhattan où des silhouettes décharnées fourragent parmi les détritus, le fracas strident à six heures du matin des poubelles métalliques renversées dans la gueule du camion et les dents rotatives broyant tout, les montagnes de voitures mutilées dans le New Jersey, tout cela, tout cela, elle veut le tout

Angela sur le dos de son père, d'une beauté éthérée dans son peignoir rose en tissu-éponge, les joues rosies par la chaleur du bain, les mèches humides et frisées collées à sa nuque

Derek lui donne à manger : de la viande hachée et des petits pois. Lin regarde les lèvres de son mari produire le bruit d'une moto et d'un bateau à moteur et d'un avion et d'un train, chaque cuillerée un véhicule différent qui rentre au garage ou au hangar ou au port. Qui aurait soupçonné un tel talent théâtral chez un spécialiste de Spinoza ?

Soudain Angela lui prend la cuiller, la remplit de nourriture et dit Avion ! tout en imitant le bruit d'un jumbo-jet et en la rapprochant de son visage : mais au dernier instant sa main gauche vient s'aplatir sur sa bouche ; la cuiller s'écrase contre l'obstacle et la nourriture s'éparpille tous azimuts.

— Reste avec moi, maman.
— Je ne peux pas, on a des invités.
— Si tu restes pas je vais faire un mauvais rêve.
— Essaie de penser à de belles choses avant de t'endormir. Comme ça, tu feras de beaux rêves.
— Je pense à des choses *pas* belles. Je pense à des tortues mortes… des papillons morts… des manteaux – les manteaux, c'est pas beau… des placards – les placards, c'est pas beau…
— Bonne nuit, ma chérie.

Les reflets du feu scintillent sur des verres de whisky, des boucles d'oreilles, des bracelets-montres ; les invités se tiennent là devant la cheminée à bavarder en hochant la tête ; ils sont tellement habitués à feindre la décontraction que ces positions bizarres du corps, le pouce accroché dans la ceinture ou le poignet planté sur la hanche, leur sont comme une deuxième nature. Lin sait qu'elle restera muette tandis que la conversation de la soirée tracera ses courbes inévitables, la titularisation, les calories, le cholestérol, la politique de ce pays, les nouveaux films qu'on a vus ou qu'on se promet de voir, qui a cessé de fumer et qui a recommencé

Et Rachel n'est pas là, elle est en train de donner une conférence quelque part ; Lin ne pourra même pas lui faire des clins d'œil par-dessus la table ou aller avec elle à la cuisine pour se moquer des autres.

Mais pendant le repas un homme la rejoint de façon inattendue dans son silence, lui tient compagnie en ne disant rien, c'est un homme qu'elle ne connaît pas mais ses yeux sont des puits noirs de douleur et d'ironie, et ils ne cessent de plonger dans les siens et d'acquiescer à son vœu qu'ils se trouvent soudain ailleurs, tous les deux, seuls, et, pendant que la discussion suit péniblement son chemin de croix obligatoire, Lin commence à tomber amoureuse de ces yeux. Elle touche à peine à son ragoût d'agneau et quand elle regarde Derek il lui paraît un universitaire affable et ordinaire, lunettes en écaille et parole facile, tandis que leur silence, le silence de Lin et de cet inconnu se remplit et se met à vibrer de sombres promesses, ils lèvent leurs verres – *Drink to me only* –, ils sont en train de faire l'amour là, à table, elle est en train de dire oui et oui et il est en train d'ôter ses vêtements et de venir sur elle et d'entrer très lentement en elle, tumescent et tremblant et s'avançant jusqu'à ce qu'elle soit au bord de l'implosion – oui elle n'a toujours pas détaché les yeux de ses yeux et maintenant elle pleure presque à force de le désirer

Plus tard, elle est en train de préparer le plateau du café à la cuisine et il la rejoint, maintenant elle n'arrive pas à lever les yeux vers lui ; la bouche sèche et un demi-sourire aux lèvres elle dit

– Je n'ai pas bien saisi votre nom

et lui, tournant le dos à la porte par laquelle n'importe qui pourrait entrer à n'importe quel moment, lui effleure la joue d'un seul doigt et murmure Sean Farrell, Sean Farrell, encore et encore, comme s'il s'agissait de son nom à elle, tandis que son doigt descend lentement en ligne droite le long de sa mâchoire et de son cou et de sa clavicule pour s'arrêter au bout de son sein, puis il ajoute, sur un ton complice

– Vous avez horreur des dîners universitaires, n'est-ce pas ?

Elle hoche la tête.

– Vous savez, une université n'est jamais qu'un univers fracassé. Chaque prof trimbale dans sa tête un minuscule fragment friable et rien d'autre.

– Et quel fragment a élu domicile dans votre tête à vous ? demande Lin.

Mais l'homme lui pose un doigt sur les lèvres, puis approche ses lèvres à lui jusqu'à ce qu'elles s'appuient contre son propre doigt

De retour à la salle à manger il est détendu, son silence est devenu expansif et il lui sourit comme s'ils étaient déjà amants, comme si le chaud secret solide de leurs corps partagés les protégeait de toutes ces fadaises intellectuelles ; il ne prend pas de café mais achève, seul, la demi-bouteille de vin restante.

– La chose la plus intéressante que j'aie entendue de la soirée, dit Lin plus tard à Derek, c'était Les placards, c'est pas beau.

– Qui a dit ça ?

– Angela.

Plus tard encore :

– Qui est ce Sean Farrell ?

– Un poète dont la spécialité consiste à distiller le malaise. Glisser la pointe d'un couteau sous les plis soyeux de l'étoffe poétique. Dissiper les brumes romantiques. Des choses de ce genre.

– Ah bon… Il a à peine ouvert la bouche de la soirée. Si ce n'est pour picoler.

– Tu as déjà entendu parler d'un poète irlandais non alcoolique ?

Le lendemain dimanche, Angela les réveille à l'aube en grimpant dans leur lit.

Lin descend au rez-de-chaussée pour lui chauffer du lait. Au-delà du noir lacis intriqué des arbres d'hiver, une ligne rose foncé fend l'horizon barbouillé de nuages. De retour entre les draps moites et musqués, elle tire le corps chaud de son mari contre ses membres froids. Angela tient le biberon d'une main, renverse la tête en arrière et se met à sucer

comment c'était de l'allaiter

Derek se plaque doucement contre son dos et la pénètre. Un gémissement et Angela tourne la tête. Lin se mord la lèvre et sourit à sa fille, descend avec une lenteur douloureuse sur le sexe rigide et immobile de son mari. Puis elle ferme les yeux et Sean est là aussi, son doigt qui glisse le long de sa joue et de son cou jusqu'à son sein, et soudain une houle de plaisir l'emporte. Les gloussements et roucoulements d'Angela lui parviennent de loin. Derek est au-dessus d'elle maintenant, toujours derrière elle, la labourant, n'essayant plus de retenir ses soufflements lourds et rauques, elle ne veut pas que leur petite fille voie leurs corps ainsi joints, leurs traits crispés et grimaçants, mais non, ça va, Angela tape gaiement son biberon contre la table de chevet et quand son père explose à l'intérieur de sa mère elle ne cille même pas.

Et elle se piqua le doigt sur le rouet et tomba dans un profond sommeil. Je te tiens, tu me tiens, par la barbichette. Alors je soufflerai, et je pousserai, et ta maison va s'écrouler. Trempe ton pain dans la soupe. Piano panier piano panier. Oh! mère-grand, comme tu as de grandes dents.

– Alors tu vois, le premier petit cochon, il a construit sa maison tout en paille. Et puis un petit loup très gentil est venu, et il a frappé poliment à la porte. Toc, toc, toc. Qui est là? C'est le loup, est-ce que je peux entrer? Non, non, non, par le poil de mon petit menton. Mais je ne veux pas te manger, je veux être ton ami.

Angela se tait soudain.

– Et qu'est-ce qui se passe ensuite?

– Je ne sais pas…

Lin rit, elle serre sa fille dans ses bras, elle la berce, elle rit.

*Ma petite fille s'est mise à chanter,* avait griffonné Nijinski dans son carnet secret. *Elle fait « Ah, ah, ah ». Qu'est-ce que ça peut bien vouloir dire? Je sens que pour elle ça signifie : « Ah, ah! rien n'est horrible – tout n'est que joie! »*

Lin dort mal ces jours-ci. C'est pareil chaque fois qu'une nouvelle danse l'habite : son corps jette des obstacles dans son chemin, comme si elle ne voulait pas le faire, comme si elle n'avait pas le droit de le faire. Elle doit lutter contre des torticolis et des luxations de genou, des rhumes de cerveau et des tendinites, comme Baba Yaga lutte pour venir à bout des peignes transformés en forêt ou des écharpes qui s'allongent en fleuves torrentiels.

Serrant les mâchoires, elle enveloppe les points vulnérables de son corps – poignets, coudes, genoux, chevilles – de plusieurs couches de chaleur et de protection : à la fin, la personne qu'elle voit dans le mur de miroirs ressemble à un grotesque joueur de rugby.

Ils se tiennent sur le pont. Les rives sont couvertes de neige mais la rivière n'est pas encore gelée. Angela laisse tomber dans l'eau des brindilles et des cailloux. Le sentier conduisant au pont est un coffre aux bijoux éparpillés. Comment sait-elle quels cailloux sélectionner ?

– Pourquoi tous les enfants aiment-ils lancer des cailloux dans l'eau ? demande Lin.

– Comment ça, pourquoi ? dit Derek. C'est merveilleux, non ?

Lin réfléchit. Oui, se dit-elle enfin. Oui c'est merveilleux.

– Ne grimpe pas sur le pont, mon amour, tu me fais peur.

– Tu as peur que je me noie ?

– Oui.

– Pourquoi tu veux pas que je sois morte ?

– Parce que tu es la seule petite fille que j'aie.

– Tu pourrais en faire une autre.

– Oui, mais tu es ma seule Angela.

– Tu pourrais l'appeler Angela… Tu as peur qu'elle n'aura pas les cheveux aussi blonds que moi ?

Au parc, maintenant qu'Angela sait courir et sauter et faire de la balançoire, les bébés dans leurs landaus, amorphes et passifs, ressemblent à des poupées en chiffon.

Les yeux fermés, Lin est une marionnette ; chacun des battements de tambour d'Émile tire une de ses ficelles. Son corps est secoué dans tous les sens par le rythme – régulier dans la main gauche, erratique dans la droite – et elle serait impuissante à l'arrêter. Elle est manipulée, happée violemment çà et là, elle se courbe comme frappée au ventre quand les coups profonds résonnent encore et encore, elle exécute des mouvements de pieds et de jambes d'une complexité insensée, impossible sans ce battement qui la propulse

Cela dure plus d'une heure. Quand ils s'arrêtent enfin, bien que trempée de sueur, Lin est sans fatigue.

– Je ne sais pas où je suis allée, dit-elle. Je n'étais plus là du tout.

– Je sais, opine Émile. Depuis tout petit, j'ai su que c'était ça le sens de la révérence. On s'efface. Ce n'était pas moi, c'était la beauté. Moi, je n'existe pas, tout l'honneur revient à la beauté… C'est le contraire du champion de boxe qui lève les bras en l'air – j'ai gagné ! je suis le meilleur !

Ils restent là en silence.

– À moi de faire le tambour, dit Lin enfin.

Maintenant elle tient le cylindre entre ses cuisses, caresse de ses doigts la peau tendue et lisse. Elle tapote doucement, cherchant à capter dans ses mains le corps d'Émile qui se tord, avec sa flamme de cheveux roux, comme une bougie en train de fondre. Oui maintenant elle l'a, maintenant il est à elle. Elle frappe fort, le corps s'arc-boute – oui. C'est parti. Elle rend les battements sensuels puis violents, monotones puis syncopés, savourant le résultat instantané de ses rythmes dans les hanches d'Émile, le dos d'Émile, ses genoux, ses épaules. Elle l'oblige à se cabrer, se pencher très lentement en arrière, se jeter de gauche à droite, tendre les bras vers elle en un geste de supplication. Les deux danseurs sont soudés par les pulsations de l'air.

Soudain les mains de Lin laissent briser la scansion par un silence qui atterrit avec lourdeur : le corps d'Émile en est déséquilibré, il virevolte pour se rattraper, puis suit la cascade de battements en decrescendo jusqu'au sol. Lin l'a allongé par terre, et le silence revient l'envelopper comme une couverture.


Après la couturière elle descend luisante et ruisselante du plateau et se fige soudain : Sean Farrell est assis au premier rang, ses yeux sur elle ; ses yeux ont suivi son corps pendant deux heures à son insu, jamais Derek depuis toutes les années qu'ils sont ensemble n'a assisté à une de ses répétitions

— Prendrez-vous un verre avec moi, avez-vous le temps ? dit-il sans sourire, dès qu'elle lui tend la main.

Au bar ils échangent de maigres renseignements au sujet d'eux-mêmes. Lin apprend que Sean vient d'un milieu pauvre, catholique, et violent ; que son père est mort quand il avait neuf ans ; qu'il porte à sa mère un amour intense empreint de pitié.

Il remue en silence son deuxième Martini. Allume une cigarette, inhale profondément la fumée trois ou quatre fois. Elle attend, sans toucher au verre d'eau minérale devant elle sur la table. Elle se demande s'il peut lire, sur ses tempes, les battements de son cœur.

— Mais qu'est-ce que vous êtes en train de faire ? dit Sean enfin. Sa voix est basse mais sombre, presque menaçante. Alors que vous avez cela dans le corps. Comment pouvez-vous continuer à jouer l'épouse du professeur dans une petite ville universitaire ? Vous ne savez pas que votre don sera étouffé ici ? Vous feriez mieux d'apprendre le crochet tout de suite et d'en avoir fini.

Une vague de froid a traversé Lin depuis le haut du front jusqu'à la nuque.

– Tandis que votre don à vous, si je comprends bien, dit-elle tout bas, le souffle coupé par la colère, prospère au milieu des péquenots.

– Je voulais parler de *vous*. *Avec vous*.

Écrasant sa cigarette dans le cendrier, Sean prend la main glacée de Lin entre ses deux mains chaudes.

Elle l'arrache, se lève, quitte le bar d'un pas raide.

Ils ont prononcé les mots Faisons un autre enfant.

– Tu aurais envie d'un fils cette fois-ci ? dit Lin.

– Je m'en fous éperdument, dit Derek. Tout ce que je veux, c'est encore plus de ce qu'on a déjà. Plus de pots dans les toilettes et plus de canards en caoutchouc dans la baignoire et plus de miel-pops renversés sur le sol de la cuisine.

Entièrement vêtus, ils sont debout dans leur chambre, elle lui tourne le dos et, tandis que leur parviennent de la pièce à côté les ronflements réguliers d'Angela, la seule idée de créer un autre enfant suffit pour faire perler sur leur peau des gouttes de sueur. Derek se met à genoux derrière elle et baisse son collant noir jusqu'au milieu des cuisses, la touche de sa langue et de ses doigts jusqu'à ce qu'elle soit trempée et tressaillante, puis tire sa chemise blanche pardessus ses épaules et sa tête mais laisse le collant comme il est et, lui remontant brusquement le bras derrière le dos, entre en elle profondément, de plus en plus profondément, de sorte qu'à la fin, avec des glapissements des gémissements des hennissements

Elle tremble, elle tremble, recroquevillée de douleur. C'est toujours la même chose.

– Tu verras, lui dit Émile, rassurant. Tout ira très bien.

– Oui je sais, dit Lin avec un sourire honteux.

Elle n'arrive pas à marcher. Son corps – muscles figés, tendons torsadés – n'est qu'un grand nœud de douleur. Elle n'arrive pas à marcher et, dans cinq minutes, elle doit danser.

Émile met ses bras autour d'elle. Le simple contact de sa peau sur la sienne lui donne envie de hurler – elle va mourir, elle en est sûre, son corps sera déchiqueté par les épines et les piquants avant de parvenir au cœur enchanté de la forêt – non, cette fois-ci elle n'y arrivera pas –

La salle est comble. Les mille murmures et bruissements et toussotements du public convergent en un seul bourdonnement inquiétant qui ne pourra que croître et croître encore, jusqu'à ce qu'il l'engloutisse tout à fait.

Noir. Le bourdonnement diminue, s'éteint.

Émile a disparu. Puis elle le voit, ses cheveux roux cuivrés par le spot. Il est déjà là, ses mains palpent déjà la peau chaude du tambour.

Alors le battement vient, la convoque.

Et quand ses pieds nus touchent les planches, la douleur tombe d'elle, lâchée comme une cape ; elle en sort grande, invulnérable. Une flamme invisible lèche la plante de ses pieds et lui court à travers le corps, la réchauffant sans la brûler. Le silence dans la salle est absolu : hormis elle, rien n'a le droit de bouger désormais ; aucun muscle ne peut vibrer, aucun cil battre sans sa permission. Lin est énorme, merveilleusement énorme, et elle règne sur le vaste rectangle de la scène qui est l'univers. Son corps est un cerveau qui comprend tout, embrasse tout, contrôle tout. Elle leur apprendra. Elle fera pleuvoir de la beauté sur leurs têtes.

Quand son bras décrit un arc dans l'air, ce n'est pas un bras, c'est la naissance du jour ; quand sa tête retombe vers le sol, ce n'est pas une tête mais le grondement de rochers dévalant le flanc d'une montagne ; quand son pied dérape vers la gauche, ce n'est pas un pied mais la faim et le sarcasme, des espoirs bafoués.

Elle sent à peine l'éclat de bois qui s'enfonce profondément dans son talon : cette présence est instantanément incorporée, elle aussi, dans la danse.

Mais dès qu'elle quitte la scène, la douleur bondit sur elle, monte fulgurante du pied jusqu'au cerveau – oui la douleur l'attendait dans les coulisses –

Émile lui ôte l'écharde avec une pince à épiler. Il siffle : le morceau de bois qu'elle avait dans le pied mesure près de cinq centimètres.

– Ton tour au tambour, dit-il.

Sean Farrell assiste à toutes les représentations sans exception. Quand elle salue à la fin, elle voit qu'il n'applaudit pas mais la fixe avec le plus grand sérieux. Et souvent, quittant le théâtre bras dessus, bras dessous avec Émile, elle l'aperçoit qui rôde parmi les ombres, fumant une cigarette, la suivant des yeux.

Elle lit le mince volume de ses poèmes que possède Derek. Ils la perturbent.

Ensuite il commence à lui envoyer des lettres. Toutes les lettres disent la même chose. Je vous connais. Je vous aime mais ce n'est pas là l'important. L'important, c'est que votre place n'est pas ici.

Elle aurait envie de l'embrasser. Elle aurait envie de l'assassiner. Ses yeux la réveillent au milieu de la nuit et ses poèmes battent sous sa peau.

Et puis un jour, faisant du lèche-vitrine avec Rachel sur Main Street, elle le croise. Se rend compte qu'elle ne l'a encore jamais vu en plein jour, et qu'elle le connaît mieux qu'elle ne connaît son mari. Rougit jusqu'à la racine de ses cheveux, quand son cœur se met à battre la chamade. Balbutie les présentations... mais Rachel et Sean se serrent déjà la main ; ils se dévisagent et mille feux de Bengale se sont allumés d'un seul coup entre leurs corps ; l'aura d'électricité qui les entoure est si forte que Lin doit presque sauter en arrière pour éviter la décharge.

Mais bien sûr, se dit-elle. Rachel et Sean. Mais bien sûr.

– Bonne nuit, mon amour.

– Ne t'en va pas, maman.

– Pourquoi ?

– Parce que dès que tu t'en vas, mes… mes…

– Tes instructeurs arrivent ?

– Oui.

– Et qu'est-ce qu'ils te font ?

– Ils me disent de nettoyer.

– Tu dois nettoyer la maison ?

– Non.

– La ville ?

– Non.

– Quoi, alors ?

– Le ciel. Il faut que je lave tous les nuages ou alors ils m'attraperont.

– Et qu'est-ce qu'ils te font s'ils t'attrapent ?

– Ils m'écrasent la tête ! Ils me donnent des coups de pied ! Ils m'enfoncent des couteaux dans les yeux !

– Mais Angela ! Personne n'a le droit de te traiter comme ça ! Tu dois leur dire que s'ils font ça, papa et moi viendrons leur donner des coups de pied ! D'accord ?

– Mais vous ne pouvez pas les *voir* ! À moins que… J'ai de la poudre rose dans la poche, c'est magique… Peut-être..

Le petit tiraillement, au bas du ventre. Elle en est sûre.

Les battements du cœur de ce nouvel enfant, amplifiés par le microphone :
– Voilà, dit le médecin. C'est le chef d'orchestre pour toute la symphonie de votre grossesse.
Lin rayonne.
– Tu te rends compte ? dit-elle à Derek. Ça ne s'arrêtera pas avant que cette personne soit morte.

Avec Angela la grossesse avait été comme neuf mois d'orgasme : une stimulation perpétuelle de ce centre brûlant de la danse, le long cône vibrant entre sexe et gorge. Penser qu'en plus, un être humain se fabriquait là-dedans ! Penser que, tout en vaquant à ses affaires quotidiennes, son corps tricotait patiemment les chairs, entassait les cellules, organisait l'existence de tout un autre individu… jamais Lin n'avait connu pareil émerveillement.
Ce deuxième bébé pèse plus, bouge plus, lui fait plus mal que le premier. Il hoquette violemment en elle, chaque soir après le repas.
– Il est ivre mort, ce môme, dit Derek. Je parie qu'il ne peut même pas marcher en ligne droite.

Avec Angela, elle avait pu danser jusqu'à sept mois – ah ! comme Twyla, la merveilleuse Twyla Tharp dans sa *Danse familiale*, titubant comme une ivrogne en avant en arrière, à droite à gauche, perdant et retrouvant son équilibre, réin-ventant l'équilibre – mais cette fois-ci elle est entravée dès le quatrième. L'échauffement lui donne le tournis et fait monter le sang à son visage ; si elle tente de sauter, son ventre se transforme en bloc de ciment.

Un jour, elle perd du sang. Horrifiée, elle annule tous ses cours, ses engagements, cesse totalement de danser.

– Moi, déclare Angela, je vais avoir des milliers d'enfants. Je vais en avoir quatorze ! Je vais en avoir ONZE ! Je vais mettre deux Kleenex à la fois dans ma zézette, et comme ça j'aurai des jumeaux !
– Deux Tampax, tu veux dire ?
– Oui.

Bess s'était servie de son propre corps pour montrer à Lin la mise en place d'une serviette hygiénique. Elle avait attaché l'épaisse garniture blanche à l'extérieur de son pantalon avec deux épingles de nourrice, l'une sur son gros ventre, l'autre sur son gros derrière.

Chère Bess. Elle ne faisait pas exprès d'être absurde, ses intentions étaient bonnes. Personne n'est volontairement lamentable et vulgaire. Mais je n'avais pas envie que mes amies la rencontrent et la prennent – horreur ! – pour ma vraie mère

non, ma vraie mère était blonde, espiègle et belle

un elfe, un farfadet

le miroitement de la lumière sur l'eau

tout ce qui étincelait, tout ce qui dansait était ma mère

Avec Angela dans le ventre, faire l'amour avait été une fête insensée, pour Derek comme pour elle. Ils n'en revenaient pas, ils ne voulaient pas en revenir. Plus longuement et plus langoureusement que jamais auparavant, ils s'abandonnaient à la pure pâmoison du sexe.
– Mon Dieu, tu vas noyer le bébé si ça continue, lui avait-elle dit une fois, débordant de sa semence.

Cette fois-ci, encombrée, elle préfère se caresser seule pendant la journée. Les habits l'agacent, les tissus frottent et irritent sa peau, les fermetures Éclair et les élastiques y impriment des traces rouge vif. Parfois dans sa salle de danse, elle se met toute nue et se tient immobile devant le miroir. Elle croise les mains sous ses seins qui suintent et fixe ses formes rebondies. Rien ne se produit. Elle est là et c'est tout.

Danser cela : le corps comme matière à déplacer, comme substance stupide et obstinée

Les douleurs sont atroces dès le début.

— Tu as tes *concractions* ?

— Eh ! oui…

En route vers la clinique, elle plaisante avec Derek au sujet des danseuses de Martha Graham, entraînées jusqu'à l'obsession à la technique de la contraction-détente, mais dont les accouchements sont notoirement difficiles.

Ensuite elle cesse de plaisanter, cesse de parler
il n'y a pas de mots pour dire le sérieux de tout cela
cette douleur qui semble avoir décidé sa mort
il n'y a pas de mots
c'est l'un ou l'autre, se dit-elle, l'un ou l'autre

À nouveau c'est une fille. Ils l'appellent Marina, pour l'océan et pour la poétesse russe. Elle est costaud et féroce. Une hurleuse.

Angela est déconcertée.

Marina a quinze jours. Oh te regarder te regarder te regarder, ne rien faire d'autre qu'enregistrer les millions de mouvements fugitifs de ton visage, tes lèvres pincées et ton sourire asymétrique, tes yeux qui roulent et tes bâillements de faim, tes grimaces et ta rougeur lorsque tu chies, ta façon de crier la bouche ouverte, sans larmes, parfois de faim et parfois non

Sa petite langue pointue est si petite et si pointue, le duvet sur son crâne est si duveteux, la peau douce de ses doigts si incroyablement douce. Ses mains gesticulent avec une éloquence sidérante, alors que ses yeux louchent encore drôlement et que son derrière émet le plus innocent des pets.

Marina pleure et pleure. Elle hurle à faire trépider tout son corps. Aucun regard, aucun sourire, aucune caresse de Lin n'y peut rien. C'est Lin qui la fait pleurer : l'appétit de Marina est réveillé par l'odeur du corps de sa mère, qui dégoutte de lait et de sang et de sueur du matin au soir – alors que, dans les bras fermes et secs de Derek, elle peut oublier la nourriture et se laisser aller au sommeil.

La nuit, Lin rêve qu'elle joue avec Marina. Soudain elle entend hurler un bébé et elle est soulagée de pouvoir se dire : Ce n'est pas mon bébé à moi, ce bébé-là n'a rien à voir avec moi, je n'en suis pas responsable, je n'ai pas à m'en occuper, je peux continuer de jouer avec ma gentille petite fille… Pendant ce temps, la vraie Marina hurle à s'en faire éclater les poumons.

– *Derek* ! Viens voir ! Marina s'est retournée toute seule !
Déjà l'enfance de Marina est en train d'effacer celle d'Angela. Comment faire pour les aimer, où garder tout cela, qu'arriverai-je à en sauver ?

Les aurores hideuses, oui ces aubes tristes et transies de l'hiver : marchant de long en large avec Marina dans les bras tandis que le monde dort et que le ciel blanchit, il n'y a aucune sève nulle part, aucun frémissement de verdure. Être là dans le fauteuil à bascule à sept heures du matin au mois de février, à bercer ce bébé enveloppé d'un patchwork, en avant en arrière, et à fixer les dernières braises cramoisies du feu d'hier. Comment récupérer tout cela, comment s'en servir… Toujours le travail de Lin a consisté à prendre les thèmes les plus ténébreux de la vie et à les transformer en lumière, non pas en les édulcorant mais en les agrandissant, figeant leurs formes fugaces pour qu'elles se cristallisent, les retraduisant ensuite en mouvement : rien ne doit exister qui ne puisse être transfiguré par le corps
Lin se balance en avant en arrière, le visage baigné de larmes.
Quand Marina finit par s'endormir, elle n'a pas confiance en son sommeil comme en celui d'Angela : elle n'y croit pas, il ne la rassure pas.

– Elle est en train de me rendre folle, dit-elle enfin à Derek.
– Sèvre-la, suggère-t-il doucement.

Mais cela aussi – le fait que sa mère ne sente plus le bon lait sucré, ne lui propose plus la chaleur de sa chair, seulement des tétines de caoutchouc froid – met Marina en rage.
Pour Lin, en revanche, ça va mieux. Maintenant elle peut embrasser ses deux enfants quand elles s'en vont le matin.

Elle se remet à travailler avec ardeur. On l'a invitée à danser à New York ; il y a un nouveau duo qui lutte pour sortir de sa tête et qui lui fait encore plus peur que d'habitude. C'est une histoire de pierres et de sculpture, d'échec qui mène à la frustration, puis à la folie et à l'enfermement. Mais tout d'abord elle doit apprendre à transformer l'air en pierre et à le sculpter, le ciseler patiemment, faire ressortir les formes secrètes qu'il recèle.

Ce sera sa chorégraphie la plus forte jusqu'ici, elle en est sûre… mais elle a besoin de partir si loin, si loin

Le premier mot de Marina, c'est Au-voir. Avant maman, avant papa, avant gâteau. Au-voir.

— On leur expliquera plus tard au sujet de la politique et de la souffrance, tout ça, d'accord ? dit Lin.

— D'accord, dit Derek.

— Pour l'instant, on va juste continuer à leur apprendre à étaler de la confiture sur leurs tartines, d'accord ?

— D'accord.

— On ne peut pas s'attendre à ce qu'elles apprennent tout à la fois, n'est-ce pas ?

— En effet, dit Derek. Et on ne leur dira jamais, vous n'êtes que des petites filles gâtées, vous ne vous rendez pas compte du luxe dans lequel vous vivez, nous on n'a jamais eu de tels privilèges quand on était mômes, on se levait avant l'aube, on avalait un peu de bouillie froide et on partait pour une journée de dur labeur, on a commencé à gagner notre vie à l'âge de huit ans dans les mines de charbon.

— D'accord, dit Lin.

Émile ne viendra qu'à onze heures pour travailler avec elle sur le nouveau duo.

Pendant qu'elle s'échauffe dans la salle de danse inondée de lumière, Lin entend un rugissement lointain – Theresa qui passe l'aspirateur en bas – et, tout en dansant, elle se met à le suivre dans sa tête. De la cuisine au couloir et du couloir à la salle de séjour, elle glisse avec l'aspirateur à travers le tapis turc, renifle avec lui sous le canapé, se cogne avec lui contre les coins du parquet, avale avec lui la poussière et les cheveux et les particules de saleté répandus par sa famille

que la poussière retourne à la poussière
je t'aimerai jusqu'au tombeau

Isadora aussi avait dansé en public alors qu'un petit garçon nageait déjà dans son ventre, dévalait ses vagues. Elle-même avait appris à danser grâce à l'océan Pacifique : enfant, elle se lançait en courant le long de son bord, épousant au plus près le mouvement de ses déferlantes, imitant leur course sans hâte, et puis – regarde regarde regarde ce qui s'est passé – un jour elle a embrassé ses deux enfants, ils sont partis, et dix minutes plus tard la voiture avec Patrick et Deirdre et leur gouvernante sur la banquette arrière a dégringolé, dégringolé le talus, dégringolé le talus jusque dans la Seine, l'eau est montée de plus en plus haut, la voiture s'est enfoncée de plus en plus bas, les enfants se sont débattus, ils ont commencé à s'étrangler et l'eau s'est précipitée dans leurs poumons, les remplissant complètement de sorte que les enfants n'avaient enfin plus de poids, oui, qu'ils étaient enfin affranchis des lois de la gravité, Non je ne veux pas cela, dit Isadora, je n'ai pas voulu ces enfants morts, je ne peux pas les supporter, les porter à nouveau, *comment faire pour danser désormais, comment tendre mes bras autrement que dans un geste de désolation ?* Non non non non dit-elle, *la seule vie qui existe c'est là-haut où vole l'esprit, libéré de cet abominable cauchemar de la matière… Je sais que tous ces soi-disant événements sont des illusions – l'eau ne peut pas noyer les gens, et on ne meurt pas non plus de faim si on ne mange pas, du reste on ne naît ni ne meurt jamais, TOUT EST*

le bébé Deirdre était bien une illusion en fin de compte, elle n'est pas née et elle n'est pas morte

Qu'est-ce que j'ai fait, se dit Lin

Oh mon Dieu qu'est-ce que j'ai fait

La danse déjà si fragile, si dépendante, qui meurt à chaque instant tout en naissant, la danse déjà l'enfant mortelle de mon corps mortel mais maintenant ces deux filles aussi, ces fillettes remuantes et respirantes, qu'est-ce que j'ai fait

Émile arrive et Lin continue de voir les petits corps sans pesanteur ballottés çà et là dans la voiture, les cheveux se soulevant de leur crâne et flottant dans l'eau comme des algues – non, dit Isadora, vous ne les enterrerez pas ! Jamais ils n'entreront dans la terre ! Plus de terre – plus d'eau – rien que du feu et de l'air ! Que mes enfants soient incinérés ! que leurs menus corps mous et inertes deviennent flamme, cendre, fumée ! qu'ils s'élèvent et s'envolent dans les airs !

– Qu'est-ce qu'il y a, Lin ? demande Émile.

– Désolée. On peut le reprendre encore une fois ?

Que la poussière retourne à la poussière, la terre à la terre. Je vous aimerai jusqu'au tombeau.

Revenir sur terre. Se vautrer. Apprendre tout ce qu'il est possible d'apprendre sur la boue, l'ici, le maintenant. Apprendre à aimer lourdeur, souillure. Sinon

– Derek… J'ai envie de congédier Theresa.

– Quoi ? Mais pourquoi ?

Lin prend une respiration profonde.

– Je préfère faire moi-même le ménage.

Monceaux de neige brillante aveuglante sous le soleil, et la calligraphie des branches noires contre le lavis bleu du ciel. Pourquoi suis-je toujours envahie d'appréhension quand leurs premières feuilles brunissent et tombent ? se demande Lin. Les arbres d'été sont tellement pléthoriques, tellement gras et grossiers comparés à leurs superbes squelettes hivernaux…

Elle glisse la pointe du fer à repasser sous le bras d'un des T-shirts d'Angela, rose avec un éparpillement régulier de petites fleurs blanches, elle appuie, lisse le tissu dans un mouvement descendant, soulève le fer, remonte de l'autre côté, répète.

Ce qu'elle aime le plus, c'est fourrer ses deux bras dans le sèche-linge, retirer les amas d'habits secs et chauds et les porter – délicatement pour ne pas les écraser – jusqu'à la table de la cuisine, puis les trier, faisant de petites boules serrées avec les chaussettes aux couleurs vives, pliant les culottes miniatures avec de la dentelle autour de la taille ou un personnage de dessin animé sur le devant.

Marina déteste que Lin réponde au téléphone.

– *Pas* allô ! dit-elle d'une voix furieuse. *Pas* allô !

Elle déteste surtout que Lin sorte le soir.

– Mais mon amour, j'ai une répétition. Tu sais bien que je ne peux pas être là *tous* les soirs.

– Moi aussi, veux venir à la pétition.

– Non mon ange, c'est impossible, ça va durer jusqu'au milieu de la nuit. Toi, tu te couches à sept heures, et maman n'aura pas fini avant – comptant sur les doigts – huit, neuf, dix, onze, DOUZE heures ! Mais on peut prendre un bain ensemble avant, si tu veux. Seulement, il ne faut pas que tu me mouilles les cheveux. Promis ?

– Promis.

Sans le moindre sourire, Marina remplit d'eau son bateau en plastique et la verse directement sur la tête de sa mère. Ce n'est même pas une plaisanterie, même pas un accident.

Angela a envie de prendre des leçons de ballet. Pourquoi pas ? Du coup, tous les mercredis : justaucorps et minuscules chaussons roses, tutu en taffetas blanc, cheveux relevés en queue de cheval, barrettes attachées aux tempes.

Des mamans regardent leurs fillettes rose et blanc au ventre plat tendu et aux jambes brindilles : elles sautent, hésitent, se tournent dans le mauvais sens, rougissent et pouffent de rire et font des révérences. Toutes sont mignonnes et féminines, blanches de peau et bien nourries

Eh bien moi je ne vais pas lui apprendre. Je ne le peux pas. La danse n'est pas une chose qui puisse passer de moi à une enfant de moi.

Angela dans la salle de danse de Lin. S'admirant dans la glace. Envoyant des baisers à un public imaginaire. Faisant des révérences aux applaudissements dans sa tête.

Elle veut être comme moi. Elle veut être moi.

– Je peux mettre de la crème, moi aussi ?
– Bien sûr.
– Je peux en mettre encore ?
– D'accord, mais seulement un peu.

Angela plonge toute la main dans la boîte de Nivea.

– Hé ! se réprimande-t-elle. Ta maman t'a dit d'en prendre un *peu* ! Oui je sais, rétorque-t-elle dans une autre voix, mais j'avais envie d'en prendre *beaucoup* ! Pourquoi ? *Parce que* !

Angela descend dîner, des cercles rouge vif peints en rouge à lèvres sur ses joues.

– Regarde, Derek, dit Lin. On dirait que notre fille est allée cueillir des cerises aujourd'hui.

À l'heure du coucher, Angela lui dit :

– Tu sais maman, quand tu t'es moquée de moi parce que j'avais des cerises sur les joues, mon cœur a pleuré et son cœur s'est brisé. Et puis le cœur de mon cœur a pleuré et son cœur à lui s'est brisé. Et pareil pour tous mes cœurs, jusqu'au dos.

– Maman, maman, maman, j'aime mieux ton nom que le mien, j'ai envie qu'on échange nos noms tout de suite, *tout de suite*, s'il te plaît, dis oui.

– Mais ma chérie, papa et moi on t'a appelée Angela parce qu'on trouvait que c'était le plus beau nom du monde.

– Oui mais on peut avoir des goûts différents, par exemple toi tu aimes le bleu et moi ma couleur préférée c'est le rose et je n'aime pas beaucoup mon nom, mais je trouve que ton nom à toi c'est le plus beau nom du monde et j'ai envie de m'appeler Lin Lhomond, s'il te plaît dis oui, *s'il te plaît s'il te plaît*, d'accord ?

– Tu n'as pas peur que les gens se trompent en te prenant pour la célèbre danseuse ? plaisante Lin.

– Ha ! ils seront bien étonnés, n'est-ce pas ? Qu'une si petite fille soit si célèbre – oh s'il te plaît maman ! Si tu dis non, je vais me frapper l'œil, je vais prendre un marteau et enfoncer un clou dans mon œil…

– Angela ! Tais-toi !

Tais-toi. Immédiatement. Tu m'entends ? Si tu ne fais pas ci, je ferai ça. Si tu fais ci, je te donnerai ça. Viens ici tout de suite, ou je vais me mettre en colère. Je compterai jusqu'à cinq… La façon dont les femmes intelligentes se transforment en mères stupides.

Danser cela ?

Ils essaient avec Marina toutes les ruses qui avaient marché avec Angela, et elles ne marchent pas.

Quand Marina se cogne le pied contre une chaise ou se heurte la tête sur un coin de la table et se met à pousser des cris perçants, Derek va à grands pas jusqu'au meuble coupable et lui demande, les mains sur les hanches : Comment oses-tu faire mal à ma petite fille, espèce de vilaine table ? Il fait semblant de lui infliger un coup, puis s'attrape le pied et saute à cloche-pied à travers la pièce en disant : Aïe, aïe, elle m'a fait mal à moi aussi ! Mais Marina, au lieu de rire, ne fait que hurler de plus belle.

Pendant les repas, aucune métamorphose en hélicoptère, moto, fusée, papillon ou colibri ne peut la persuader d'avaler une cuillerée qu'elle a décidé de ne pas avaler.

Dans le bain, Laisse-moi-pleurer-à-ta-place ne sert rigoureusement à rien. Ils ont beau lui laver les cheveux avec les gestes les plus prudents ou les plus ludiques, les cris stridents de Marina font résonner les tympans dans leur tête.

Derek s'est envolé très loin, il est dans un désert quelque part en train de parler de l'éthique. Et Angela est dans le New Jersey, en visite chez ses grands-parents Violet et Sidney. C'est ainsi que Lin se retrouve seule avec Marina, tout un week-end.

Il est minuit passé mais Lin n'arrive pas à dormir donc Marina n'arrive pas à dormir donc Lin n'arrive pas à dormir donc Marina n'arrive pas à dormir. Son petit cri sec et désolé remue les tripes de sa mère comme une cuiller en bois, lui érafle la peau comme un couteau. Pourquoi pleure-t-elle ainsi, que sait-elle de moi

Plus tard, c'est Lin qui se réveille en proie à des tremblements, elle a le ventre qui bouillonne et la bouche inondée de salive – dans les coins de son cerveau, des battements sombres comme des ailes de corneille, des ficelles crasseuses qui traînent sur l'écran –, laquelle de nous est en train de rendre l'autre malade ? se demande-t-elle. Qui a commencé cette chose ? et comment va-t-on faire pour l'arrêter ?

– Ne me réveille plus, je te préviens, dit-elle, tirée de son lit pour la quatrième fois par les cris de Marina. Mais la petite fille se met à pleurer dès que les mains de sa mère se détachent de son corps. Laisse-la pleurer !

Laissez-les pleurer une demi-heure, dit le docteur Spock.

Pieds nus, Lin descend à la cuisine, ferme la porte et allume la radio, ramasse un magazine et se gave de cacahuètes et de mots et de musique et d'alcool pour empêcher les hurlements de sa fille de pénétrer en elle. Lorsqu'elle émerge enfin de la cuisine, ivre et nauséeuse, il y a du silence au premier étage.

Mais Marina la réveille de nouveau à sept heures. C'est un dimanche, une lourde pluie oblique tombe d'un ciel d'ardoise, la ville sera fermée toute la journée comme un poing et elles ne pourront sortir se promener.

Puisque Marina refuse de la laisser lire ou répéter, Lin se jette dans les corvées les plus sales de la maison.

Elle nettoie le four. Personne ne l'a fait depuis le départ de Theresa. Une concrétion de plusieurs mois de graisse et de projections de viande, de jus débordé des tartes aux fruits, le tout figé ensemble, cramé, collé. L'ammoniac du produit de nettoyage lui brûle les narines et la gorge.

Ensuite, fouillant les placards et les vieilles malles du premier étage, elle déterre toutes les chaussures et tous les souliers de sa famille et se met à les cirer. Cirage noir, marron, blanc et beige. Frotte, brosse, gratte, astique.

Quand Marina crie pour son déjeuner, il n'est toujours que onze heures et demie.

Par bonheur, elle fait la sieste l'après-midi. Lin entre dans le bureau de Derek et regarde fixement sa table vide. Ensuite, se hissant sur la pointe des pieds, elle retire l'album de Marina d'une étagère du haut de la bibliothèque.

La voilà, la voilà, c'est l'appareil photo qui le dit.

Marina, Marina.

La maison ploie sous le poids des larmes du ciel.

Marina se met à brailler. Lin se blottit avec elle dans un coin du canapé et lui caresse les cheveux. Il faut qu'elles tiennent bon jusqu'à six heures, quand Derek reviendra. Personne n'est fou ici, personne n'est fou

– Regarde, chérie, dit Derek. Le soleil est en train de se coucher.

– Ouais, dit Marina. Et ne me réveille pas au milieu de la nuit, soleil, *je te préviens* !

– Maman, dit Angela, si tu mourais…

– Je voudrais que mon corps soit brûlé.

– Non ! Je t'enterrerais ici même, dans le salon. Non, je garderais ton corps avec moi à tout jamais. Je me brûlerais la joue pour pouvoir mourir et être enterrée juste à côté de toi. Je prendrais toutes tes robes et tous tes habits, ils sont si jolis ! Je te couperais tous les cheveux pour me faire une perruque.

C'est la fin de l'après-midi, il fait déjà nuit et Lin est seule, en train de hacher des oignons. Soudain, du coin de l'œil, elle voit un criquet qui traverse lentement le salon en raclant le parquet.

Elle ôte sa savate et l'écrase
retourne à la cuisine chercher une pelle
jette le criquet sur le feu

Mais l'insecte est réveillé par la chaleur pour endurer une mort bien plus cruelle. Lin le regarde, hypnotisée. Il était sans vie mais maintenant il bouge, se tord, agite les pattes de plus en plus vite, et puis de plus en plus lentement, tandis que son corps cuit. Enfin il se dissout dans un sifflement parmi les braises.

*mes enfants peuvent mourir*

Au début Isadora n'arrivait pas à pleurer et ensuite elle a pleuré et plus tard elle est partie pour un pays ravagé par la guerre, pour venir en aide aux enfants qui souffraient de la faim, mais sa douleur n'a pas diminué alors elle est allée en Italie se cacher dans la maison d'une amie. Elle faisait de longues promenades solitaires sur la plage mais sa douleur perdurait, grondait toujours en elle, béante, et menaçait de l'engloutir

et puis
un soir tard, près des vagues clapotantes de l'Adriatique, elle vit – oui de ses propres yeux –
ses deux enfants, morts depuis plus d'un an
devant elle, en chair et en os
mais quand elle s'élança pour les prendre dans ses bras

ils se volatilisèrent

et Isadora s'effondra sur la plage, serrant le sable rêche et mouillé contre la peau douce de ses seins, ses lèvres, son ventre

Soudain un jeune Italien surgit des ténèbres, lui posa une main sur l'épaule et lui dit

– Puis-je vous aider ?

– Oh ! oui, dit-elle, aidez-moi ! je vous en supplie ! donnez-moi un enfant.

Alors il l'accompagna jusqu'à la maison de son amie, il la remplit de sa semence et un enfant se mit à pousser en elle, Isadora savait que c'était un enfant mâle et elle retourna à Paris, persuadée qu'elle danserait à nouveau. Mais lorsque, mûr de neuf mois et parfaitement formé, l'enfant mâle décida de tenter sa chance sur cette terre, c'était le mois d'août de l'année 1914 et la ville de Paris était si émoustillée d'envoyer ses jeunes hommes à la guerre qu'il était impossible de trouver une bouteille d'oxygène à temps pour sauver ce jeune homme en puissance, et il mourut lui aussi

Rachel au téléphone.

– Lin, je suis désespérément amoureuse. Sean, c'est mon frère jumeau. Il m'aime depuis les ongles de mes orteils jusqu'à mon lobe pariétal. Jamais de ma vie je n'ai autant ri !

Lin est en train d'espionner ses enfants. Debout près de la haute fenêtre de sa salle de danse, elle écarte subrepticement les rideaux en tulle blanc et regarde Angela et Marina jouer dans leur bac à sable.

Ce sont les corps de ses filles. Accroupies dans le sable, elles jouent à quelque jeu féminin, s'affairant autour de minuscules assiettes et tasses et théières en plastique, les remplissant de sable et de fragments d'herbe et de fleurs de trèfle soigneusement arrachées, pétale par pétale, puis elles s'invitent à dîner ou à prendre le thé, goûtant les gâteaux ou les biscuits ou le poulet rôti l'une de l'autre et grimaçant leur approbation ou leur dégoût

Rarement, très rarement, Lin se force à s'asseoir près d'elles sur le bord du bac à sable et à faire semblant d'avaler de petites gorgées de leurs tasses sablonneuses et de se lécher les babines et de lever les sourcils – ooh, madame Smith, vous y avez mis trop de *sucre* !

Les boucles blondes d'Angela se rapprochent des mèches raides châtain clair de Marina. Les deux têtes sont parfaitement sèches maintenant, oui, on les a rincées de la glu utérine et frottées avec une serviette-éponge, jamais plus mes filles ne seront des nouveau-nées mais la danse, elle, est une renaissance perpétuelle, la danse ne grandit pas de cette façon étrange, imprévisible, la danse ne vieillit pas, elle se sert de mon corps pour dire ce qu'elle a à dire mais elle ne vieillit ni ne change, moi je mourrai, ça n'a pas d'importance mais comment faire pour danser si mes enfants vont mourir

Les mains d'Angela forment une coupe entre sa bouche et l'oreille gauche de Marina. De secrets commérages voyagent le long du tunnel noir qui les sépare et les deux filles échangent des regards complices d'indignation.

Lin frémit. Elle n'arrive pas à travailler.

Elle sort de sa maison comme un voleur, rasant les murs, lançant des coups d'œil furtifs à droite à gauche, puis se dirige seule vers l'étang. À mi-chemin, elle se met à courir.

Les nénuphars de l'année précédente ont été rongés par l'hiver mais leurs tiges demeurent, dépassant toujours la surface de l'eau, certaines droites et d'autres penchées, d'autres encore enroulées en boucle ; et le miroir liquide immobile reflète symétriquement chacune de ces formes, de sorte que l'étang entier ressemble à une tablette ancestrale portant une inscription en runes ou en hiéroglyphes, précise mais impénétrable, trace d'un peuple disparu racontant un monde disparu. Lin se tient là, à déchiffrer l'étang.

Pouce à la bouche, Marina fixe sa mère en train d'enfiler sa petite culotte

Et moi-même, dans la chambre de Bess, il y a combien de décennies, écarquillant les yeux de voir ses lourdes hanches lutter avec la gaine en élastique, ses jambes poilues s'enfoncer aveuglément dans les bas nylon, la culotte jaunâtre lui remonter toute pendante autour des fesses, cet immense soutien-gorge aux bonnets vides tomber en place sur ses mamelles, ses doigts manier maladroitement les crochets derrière le dos charnu, les bourrelets de son ventre disparaître enfin derrière la combinaison en rayonne abricot – oh mon Dieu oui couvre-le, couvre-moi tout ça

Est-ce cela que Marina se dit en ce moment ?

Sidney et Violet emmènent les filles sur la côte pendant une semaine.

Lin et Derek font l'amour sur le parquet du salon. Sur la table de la cuisine. Debout dans la salle de bains, les bras appuyés sur le lavabo. Ils donnent une fête et tous leurs amis viennent, ils sont tous jeunes encore malgré leur désenchantement et leur ironie, aucun d'entre eux n'est encore mort d'un cancer, ils consomment une quantité d'alcool invraisemblable mais Lin ne boit rien du tout, elle a trop envie de danser

et puis elle danse, sans partenaire, le corps ballotté par une houle violente

mais la chose ne la quitte pas pour autant, non, elle refuse de s'en aller, quelque chose coince et grince de façon affreuse, quelque chose est impossible

– Tiens, maman !

Elles lui apportent des cadeaux : fleurs, cailloux, coquillages, feuilles.

– Tiens, maman !

arrachant un brin d'herbe quasi invisible pour le lui tendre au moment du bonjour ou au revoir

cadeau, cadeau, sourire, cadeau –

– Tiens, maman, c'est pour toi !

– Regarde, maman !

– Regarde, papa !

C'est leur regard, le regard de Lin et Derek, qui confère une existence à tout ce que font leurs filles : dessins, coloriages, pâtés de sable, constructions de Lego, déguisements, acrobaties

– Regarde, maman !

Angela se tient sur la pointe des pieds dans ses nouveaux chaussons de ballet. Oscillante, les bras en cinquième position, les orteils tassés, écrasés. Elle soulève une jambe, avance les bras dans une arabesque heurtée, perd son équilibre, recommence.

– Alors ? Pas mal, hein, pour une première fois ? Tu crois que je serai une meilleure danseuse que toi, un jour ? Tu as fait aussi bien que ça, toi, quand tu as essayé les pointes pour la première fois ?

– Oh ! non, dit Lin. La première fois que j'ai essayé des pointes, je me suis cassé la figure tellement souvent que ma prof m'a dit : Tu ferais mieux d'en mettre une sur le nez.

– C'est vrai ? dit Angela en éclatant de rire, ravie.

Le travail des pointes dans la salle de séjour éclairée par les réverbères, alors que Joe et Bess dormaient depuis longtemps. Se servant du bord de la table de poker comme barre. De longues heures de fouettés, allongés, développés, ronds de jambe et soubresauts, toute seule au milieu de la nuit. Les mâchoires obstinément serrées, Lin ne tenait aucun compte de la douleur qui lui tenaillait le cou, les reins, les mollets surtout. Le matin, elle lavait le sang séché sur ses orteils et partait à l'école en boitillant comme une petite vieille.

— Maman, est-ce que c'est bien d'être grand ? dit Angela.
Lin réfléchit.
— Oui, dit-elle au bout d'un moment.
— Maintenant penche-toi vers moi et dis : Et est-ce que c'est bien d'être petit ?
Lin se penche vers Angela.
— Et est-ce que c'est bien d'être petit ? dit-elle.
— Oui !

Les enfants dorment au premier étage, Lin sent leurs rêves au-dessus de sa tête, deux couches légères et lumineuses dans le silence strié par les criquets. Derek est en train de lire les devoirs de ses étudiants, il se penche sur son bureau tout en fumant la pipe.

Lin regarde fixement son dos.

— Quoi que je fasse, dit Rachel à Lin au téléphone, Sean dit que j'aime Platon plus que lui. Je l'aime, Dieu sait que je l'aime mais tout est en train de devenir si sombre, nos corps ne font plus l'amour ensemble mais la haine, je suis sûre qu'on finira par se baiser à mort.

— Tu ne veux pas venir dîner à la maison ce soir ? dit Lin.


Une fois les filles bordées et embrassées, Derek leur verse à boire à tous les trois, près de la cheminée. Rachel est déjà grise, ses phrases légèrement brouillées – elle n'avait pas l'habitude de boire ainsi, se dit Lin ; et elle ne peut parler que de Sean.

— Le problème, dit-elle, c'est qu'on est tous les deux des accros du désespoir. De naissance, pour ainsi dire. Et chacun de nous veut avoir le monopole du malheur. Alors maintenant on se dispute pour savoir lequel a le droit d'être le plus malheureux.

— Ça m'a tout l'air d'une base solide pour une relation amoureuse, dit Derek.

— En plus, poursuit Rachel, on est tous deux des spécialistes du sarcasme dévastateur, et on n'arrive pas à se retenir. Ces jours-ci il s'est mis à viser Platon, Kant, Feuerbach, tous mes systèmes de défense si péniblement élaborés…

— Et toi tu vises quoi ? demande Derek.

— Sa poésie, naturellement. L'autre jour je lui ai dit : Tu sais Sean, tu es tout le contraire de Walt Whitman, tu passes ton temps à énumérer les choses que tu abhorres.

— Et Sean ? demande Lin.

– Il m'a répondu : Tu comprends, ma jolie, c'est parce que mon *Chant de moi-même* a toujours été un long silence lugubre.

Derek leur sert encore à boire.

– L'autre jour, reprend Rachel, on est allés se promener au cimetière et il m'a demandé de me renseigner sur le prix des concessions. Comme ça, dit-il, quand nos amis nous demandent comment ça peut coller ensemble, une prof de philo et un poète, on pourra leur dire Eh bien, c'est vrai qu'il nous reste encore quelques petits détails à régler, mais... *on a les caveaux* !

– Dis donc, ce type est vraiment épatant, dit Derek.

– À ton avis, qu'est-ce qui le rend si morbide ? demande Lin.

– Je te le donne en mille, dit Rachel.

– Sa mère, dit Lin.

– Dix sur dix, dit Rachel.

– Il déteste sa mère ? demande Derek.

– Mais non, dit Rachel, il l'adore. Ah ! si seulement il avait pu la détester – de lui avoir donné une série de beaux-pères ivrognes et violents, d'avoir encaissé leurs coups année après année, d'avoir brandi sa propre impuissance au-dessus de sa tête comme un gourdin –, il aurait peut-être pu s'en sortir.

– Mais s'en sortir pour aller où ? dit Derek.

– Oui, c'est toujours le problème, tu as raison. Pour aller... ailleurs que vers la poésie, c'est sûr.

Angela est au lit avec eux.

– Voici le bruit du vent qui souffle, dit-elle. Hou-hou, hou-hou... Et voici le bruit du temps qui passe.

Elle se tait.

– Ne parle pas la bouche pleine, dit Derek.

Marina recrache dans son assiette un gros bout de saucisse à demi mastiqué.

Soir de première à New York. Émile est avec elle dans sa chambre d'hôtel ; ils regardent les nouvelles à la télévision. Lin est tendue à bloc mais elle a l'habitude, elle sait que d'ici quelques heures ses pensées seront happées par l'entonnoir du néant vers cet autre monde et qu'elle s'en sortira ; mieux, elle triomphera. La pierre, la sculpture, l'échec et la folie, l'enfermement : déjà sa chair fourmille dans l'attente de ce duo. Et il pourrait changer le cours de sa carrière, on parle d'Europe…

Le téléphone sonne. Émile répond, recouvre de sa main le combiné.

– C'est Derek, dit-il. Je lui dis de rappeler demain matin ?

– Non, dit Lin. S'il appelle un soir de première, ce doit être important. Donne…

Mais quand elle appuie le combiné contre son oreille, c'est Angela qu'elle entend au bout du fil.

– Maman ? Maman, tu sais quoi, j'ai le goût rose.

– Ah bon, c'est vrai ?

– Ouais. C'est grave, tu sais, d'avoir le goût rose.

– Et pourquoi ?

– Parce qu'on pleure à chaque fois.

– À chaque fois que quoi ?

– À chaque fois qu'on entend une histoire triste.

– Oh, bébé…

Puis Marina – pourquoi Derek leur a-t-il permis de faire cela, de l'appeler –, la voix fluette et furieuse de Marina, geignant, pleurant, suppliant : Maman ? Maman, où es-tu ? comme si Lin lui avait joué un mauvais tour en rétrécissant pour se cacher dans le combiné – maman, reviens à la maison ! s'il te plaît Maman s'il te plaît maman, reviens à la maison ! S'il te plaît ! maman je veux te voir ! *Maman !*

Brutalement Lin raccroche. Elle tuera Derek, en rentrant.

Il faut que, dans le corps, elle ait énormément d'espace – des étendues infinies – afin d'affronter l'espace extérieur, la scène

et maintenant il y a cette voix, telle une main

qui tirerait sur sa volumineuse jupe en velours

pour l'empêcher de gravir les quatre marches jusqu'au plateau

elle se concentre sur le public, les êtres humains qui sont venus là dans cette salle, et qui maintenant reniflent et remuent sur leur siège – la tête remplie encore de soucis et de numéros de téléphone et de bribes flottantes de l'actualité

c'est à Lin qu'il incombe d'oblitérer tout cela

oui, de dépouiller ces âmes jusqu'à l'os blanc et nu

elle sait, elle sait le faire : d'abord on les contente et ensuite on fait bien plus que les contenter, on les emporte avec soi au-delà de ce qu'ils espéraient, ce vers quoi tendait leur cœur, loin, toujours plus loin dans l'effort ahurissant, la grâce étourdissante –

Les applaudissements s'écrasent comme des brisants. Lin s'y plonge, s'y lave le corps en sueur, s'y rafraîchit la peau brûlante

mais elle sait que la danse a été abîmée

Marina a la lèpre. Des lambeaux de peau pourrissante se détachent de son visage, ses mains, ses pieds. Son corps est en train de s'étioler, elle va mourir. Lin voit son cœur qui bat dans sa poitrine, de plus en plus faiblement, telle une pauvre souris enfermée dans sa cage thoracique

Quand elle se réveille dans sa chambre d'hôtel à Manhattan, son corps baigne dans la sueur et dans la violente lumière du soleil. Coup d'œil à l'horloge – midi passé – elle s'était couchée à quatre heures. Le cœur de Marina – *chef d'orchestre pour toute la symphonie de votre grossesse...* Elle paraît si lointaine, cette belle phrase de son médecin

Les bras serrés autour des genoux, Lin frissonne au milieu de ses draps éblouissants de soleil. Puis elle s'élance vers la salle de bains, en sueur, frissonnante toujours, un goût verdâtre dans la gorge

mais elle n'arrive pas à vomir

et il y a son rendez-vous chez le coiffeur à deux heures

et sa concentration à retrouver, coûte que coûte,

avant la représentation de ce soir


La saison avance, imperturbable.

En une seule nuit le vent, déchaîné comme un violeur, arrache toutes les feuilles à leurs branches.

Novembre s'en va en tirant sa révérence et décembre arrive dans un roulement de grosse caisse. Lin a dit non à la tournée européenne, sans même en avoir parlé à Derek. Ce qui se passe en elle ces jours-ci n'est pas dicible

Un après-midi limpide et glacial, la sonnerie retentit et elle dévale en courant les deux étages, échevelée, préoccupée. C'est Rachel, pareille à un corbeau : traits pincés et déformés par le froid, nez et menton aiguisés, cheveux noirs ébouriffés. Lin la prend dans ses bras, épouvantée de sentir à travers l'épais manteau ses tremblements et sa maigreur.

– J'aimerai cet homme jusqu'à ma mort, dit Rachel d'une voix de cendre grise.

Lin leur fait du thé.

– Rachel, dit-elle, écoute. Sean Farrell n'est pas digne de te peindre les ongles des orteils.

– C'est le seul être qui m'ait jamais donné envie de vivre. Et il m'a promis que lui aussi voudrait vivre, si seulement je vivais avec lui. Mais dès que je suis venue il a trahi sa promesse ; il préfère toujours mourir. Chaque jour je rentre du travail et je le trouve là, assis au bord du lit, cramponné à son gin tonic comme un chien à son os – et il me montre les dents…

– Sean est un homme malade, dit Lin. Il est incapable de vivre avec quelqu'un, à plus forte raison avec une belle dame sérieuse comme toi.

– Mais il est tellement vulnérable ! Et tellement drôle… Une fois je lui ai demandé quel effet ça lui faisait de passer vingt-quatre heures sans boire, si ça le rendait malade ou mal à l'aise ou méchant, et il m'a répondu avec un petit air malicieux : Pour te dire toute la vérité, ma chère, je…… n'en……… sais rien.

– Je ne trouve pas ça drôle du tout, dit Lin. En plus, je trouve que tu exagères, de maigrir comme ça.

Rachel ferme les yeux pour empêcher ses larmes de couler. Puis, les rouvrant, elle dit avec un sourire narquois :

— Comment se fait-il qu'après toutes ces années, je n'aie toujours pas le droit de me lever le matin ? Hein, Lin ? tu peux me le dire ? C'est comme si je devais me glisser dans la journée à la dérobée, en espérant que personne ne s'apercevra de l'imposture.

— Et que le soleil consentira à t'éclairer toi aussi ? dit Lin, se souvenant de cette image de leur adolescence.

— Exactement, dit Rachel. Il n'oserait quand même pas faire une ombre exprès pour moi ! Le monde entier est inondé de lumière, et moi je serais suivie partout par un spot noir ?!

Elles rient ensemble, mais Lin est inquiète pour son amie.

Derek prend sous les aisselles la petite boule serrée qu'est le corps de Marina.

– Je *ne* veux pas (dit-il en la soulevant dans les airs), que les *pieds* de Marina (la deuxième fois il la balance plus haut), *touchent le plafond* !

Lors de la troisième lancée, Marina tend ses petites jambes potelées et donne un grand coup de pied dans le plafond, puis hurle de rire devant l'étonnement feint de Derek.

– Encore ! encore ! crie-t-elle.

Elle adore ce jeu.

– Je *ne* veux pas, que les *pieds* de Marina, *touchent le plafond* !

Lin les écoute jouer de derrière son journal.

Un jour d'hiver Nijinski avait emmené sa petite fille Kyra faire une promenade dans la neige. Ils se tenaient au bord d'un étang gelé et regardaient les patineurs, riant joyeusement de les voir déraper et faire des culbutes sur la glace. Soudain un homme les aborda. *N'êtes-vous pas Nijinski ?* demanda-t-il. Le danseur acquiesça. *Votre charmante fille a-t-elle l'intention de vous suivre dans vos pas ? Oh ! non*, rétorqua Nijinski. *Son grand-père ne savait que marcher, son père ne sait que danser, mais elle... elle doit voler !* Ce disant, il ramassa Kyra et la lança en l'air. *Tu voleras, n'est-ce pas, Kyra*, dit-il gaiement et la petite fille pouffa de plaisir. Nijinski continua de la lancer au-dessus de sa tête, de plus en plus haut – dangereusement haut, semblait-il à l'autre monsieur – mais les rires de la petite fille ne cessaient de carillonner, elle avait totalement confiance dans les mains de son père et dans son amour… Mais oui, bien sûr qu'elle volerait, elle volait déjà…

– Je *ne* veux pas, que les *pieds* de Marina, *touchent le plafond* !

Derek balance Marina vers le haut mais cette fois-ci elle lui échappe, ses pieds traversent le plafond et son corps fend les airs en une série de culbutes, tournoyant de plus en plus vite, disparaissant enfin au milieu des nuages…

Lin baisse violemment son journal. Il faut que ça s'arrête. Quelque chose doit absolument s'arrêter.

Ils se tiennent sur le pont. Les rives sont couvertes de neige mais la rivière n'est pas encore gelée. Marina laisse tomber dans l'eau des brindilles et des cailloux. Le sentier conduisant au pont est un coffre aux bijoux éparpillés. Comment sait-elle quels cailloux sélectionner ?

– Pourquoi tous les enfants aiment-ils lancer des cailloux dans l'eau ? demande Lin.

– Comment ça, pourquoi ? dit Derek. C'est merveilleux, non ?

Lin réfléchit. Elle ne sait plus ce qui est merveilleux et ce qui ne l'est pas. Elle est très, très fatiguée.

– Ne grimpe pas sur le pont, mon amour, tu me fais peur.

– Tu as peur que je me noie ?

– Oui.

Maintenant que Marina a deux ans et demi, ils trouvent sa façon de se sucer le pouce moins attachante, plus angoissante. Elle le suce jusqu'au sang, ils le barbouillent de mercurochrome mais elle lèche le mercurochrome aussi, et quand des croûtes se forment sur la plaie elle mange les croûtes. Elle parle autour de son pouce. Ses phrases sont gluantes et confuses.

– Quand est-ce qu'elle va arrêter de se sucer le pouce ? demande Lin.

– Oh, ce n'est pas bien grave, dit Derek. Moi j'ai sucé le mien jusqu'à l'âge de dix ans, et regarde comme j'ai bien tourné.

– Mais elle le suce si férocement ! comme si elle mourait de faim !

– Ne t'en fais pas, dit Derek.

*Nous sommes les mères des morts affamés,* scandaient les danseuses du *Chant profond* de Graham. *Nous sommes les mères des vivants affamés…* Mon seul espoir de surmonter cette peur c'est de l'affronter, l'embrasser, la danser. Danser les mères dont les enfants sont mourants parce que vivants, les mères dont les enfants sont morts.

Sidney et Violet sont en visite chez eux, entre deux stations climatiques. Derek leur prépare du rosbif et des haricots verts et de la purée de pommes de terre pour le déjeuner dominical.

– Alors, dit Violet à Lin, se laissant choir sur le canapé si lourdement que le cuir siffle. Sur quoi travaillez-vous, ces jours-ci ?

– Une danse qui s'appellera *Pietà*, dit Lin.

– Je n'arrive toujours pas à comprendre ce qui rend les jeunes femmes d'aujourd'hui si ambitieuses. Je n'ai jamais été amoureuse de Sidney, poursuit-elle dans un chuchotement rauque pour que son mari ne l'entende pas. Je l'ai épousé pour échapper aux griffes de ma mère, et c'est tout. Mais si j'avais eu la chance d'avoir un mari comme le vôtre – je ne m'en vante pas, ne vous méprenez pas, je ne suis pas en train de me pavaner parce que j'ai un fils brillant, mais quand même, un homme qui écrit des livres de philosophie et qui gagne un salaire de professeur par-dessus le marché –, croyez-moi, il ne me serait pas venu à l'esprit de travailler !

Il ne lui était pas venu à l'esprit de travailler de toute façon, bien que son mari ait été le propriétaire perpétuellement surmené et souffrant d'une usine de prêt-à-porter dans le Bronx.

– Pensez-vous vraiment qu'un homme aussi intelligent que Derek devrait perdre son temps à la cuisine ? insiste Violet.

– Oh ! mais il fait un excellent rosbif, dit Lin.

Violet regarde sa bru avec suspicion, mais ne décèle aucune trace d'ironie sur son visage.

– Alors ça raconte quoi, votre *Pietà* ? dit-elle enfin. Ce n'est pas une espèce de sculpture de la Vierge Marie ?

– Une des danseuses jouera la Vierge, oui, dit Lin avec réticence. Une autre sera Hécube, une autre Niobé, et ainsi de suite…

Derek les appelle à table.

– Ouf ! dit Violet, visiblement soulagée, en se relevant avec difficulté de son siège. Va savoir pourquoi, j'ai l'estomac dans les talons. C'est comme si je n'avais rien mangé depuis une semaine.

– Ça doit bien faire deux heures depuis ton dernier croissant, dit Sidney dans un murmure.

– Tais-toi, Sidney. N'essaie pas d'être drôle, ça ne marche jamais.

Les filles vident goulûment leur assiette, et s'éclipsent.

– Ce sont de vraies petites merveilles, dit Violet. Vous devez en être fière, Lin.

– Non, dit Lin.

– Plaît-il ?

– Non, je n'en suis pas fière. C'est dangereux d'être fier de ses enfants. Vous ne connaissez pas l'histoire de Niobé ?

Derek lui lance un regard d'avertissement.

– Si ce n'est pas dans l'Ancien Testament ou à la télé, dit Sidney, ma femme ne connaît pas.

– Niobé était la reine de Thèbes, dit Lin. Elle avait tant de beaux garçons et de jolies filles et elle en était tellement fière qu'elle a défié Léto, la déesse de la fécondité. Et Léto l'a punie en tuant tous ses enfants, les uns après les autres.

– Je pourrais avoir un peu plus de sauce ? dit Sidney.

– Une danseuse allemande du nom de Mary Wigman, poursuit Lin avec obstination, a dansé Niobé pour les femmes de Berlin en 1942.

– Pour les femmes de Berlin en 1942, répète Violet, la voix acérée comme un couteau.

– Oui. Et alors que la danse ne durait que quelques minutes, elle disait qu'à la fin de chaque représentation elle avait l'impression d'avoir vieilli de plusieurs années.

– Quel malheur, vraiment, dit Violet, posant avec ostentation sa fourchette sur la table pour faire comprendre qu'elle a perdu l'appétit.

Lin est en train de laver les casseroles. En 1942 Mary Wigman avait cinquante-six ans, elle ne pouvait plus faire d'enfant mais elle pouvait encore danser, alors elle a dansé pour les femmes de Berlin, les mains appuyées contre son abdomen et une berceuse flottant sur ses lèvres, elle s'est efforcée de protéger la vie en elle mais soudain ses yeux se sont dilatés de peur sa gorge a ravalé un cri son corps a chuté comme frappé par la foudre et ses bras se sont resserrés désespérément autour de son ventre, Prenez-*moi* ! dit-elle, prenez-*moi* ! mais épargnez mon tout-petit, mon dernier bébé... et puis il n'y avait plus rien, rien que son corps vide, une jarre vide carbonisée. Dans le nouveau spectacle de Lin, les pietà – vingt femmes vêtues de longues robes blanches – non, rouges, oui le rouge serait peut-être mieux – formeront une chaîne et se passeront de main en main les cadavres de leurs fils – les danseurs hommes inertes, leurs membres lourds, abandonnés – et la chaîne de femmes ondulera, se balancera en psalmodiant, des accords intenses et graves, des rythmes lents, inexorables, faisant résonner ce deuil éternel que portent les mères pour leurs fils assassinés, peut-être la seule solidarité dont soit capable l'espèce humaine –

Quand Derek revient, ayant accompagné ses parents à leur voiture, il lui parle tout bas ; c'est mauvais signe.

– On ne peut pas dire n'importe quoi sous prétexte que c'est vrai, Lin.

Elle se retourne sur lui et se met à hurler.

– Mais, pour l'amour du ciel, tu ne comprends donc pas ? Si Léto était supérieure à Niobé, ce n'est pas parce que c'était une déesse, c'est parce que *ses enfants ne pouvaient pas mourir* !

Derek secoue la tête et allume sa pipe.

– Tu me fais peur parfois, dit-il au bout d'un moment.

Toute sa vie, pense Lin, cet homme secouera la tête et allumera sa pipe chaque fois qu'il se trouve à court de mots.

Ses éclats de voix ont amené Angela à la cuisine. Elle se tient incertaine, les yeux ronds, près de la porte, et Lin lui tourne abruptement le dos.

– Qu'est-ce qu'elle a, maman ? dit Angela à Derek dans un chuchotement.

Cette nuit-là, l'amour entre eux est épouvantable. Derek lui coince les genoux contre la poitrine et se met à la labourer comme un forcené, elle ne peut pas bouger, quand elle se débat pour sortir de sous son corps il la retourne, lui écrase le visage dans l'oreiller et la laboure de plus belle, elle ne peut pas respirer, elle déteste cet homme, elle a envie de lui gâcher son plaisir, comment ose-t-il lui faire ça à elle, dont le corps est fait pour l'enchantement, elle dont le corps sait être tout
la pierre immuable, impassible
ou bien une plume, une paille, un point lumineux

– Parfois quand on fait l'amour, lui dit Derek après – et, à cause du ton de sa voix, c'est l'une des choses les plus désagréables qu'il lui ait jamais dites –, j'ai l'impression que tu veux me chorégraphier.

Lin et Derek rentrent chez eux en voiture, ils ont laissé les filles seules à la maison, pourquoi les a-t-on laissées seules, pourquoi, comment avons-nous pu sortir sans elles, quelque chose a dû leur arriver… En approchant de la maison, ils voient la balançoire dans le jardin qui se balance toute seule, très haut, très haut, comme propulsée par une paire de jambes invisibles… Vite ! dit Lin, folle d'angoisse – vite ! gare la voiture ! Ensuite elle est en train de courir, courir, elle ouvre violemment la barrière

mais la porte de devant est gardée par six ou sept chiens, des bêtes énormes, sans laisse, qui aboient et bavent de fureur

Lin s'accroupit et se met à aboyer, elle aussi

elle hurle, s'égosille, sa voix traverse ses cordes vocales et les déchire, laissant sa gorge à vif

Un chien se jette sur elle, et elle – elle, Lin, qui a toujours eu peur des chiens – se relève pour briser son élan avec son bras. Ensuite elle glisse ses deux mains dans la gueule du molosse, saisit les crocs pointus avec ses doigts, et tire de toutes ses forces jusqu'à ce que les mâchoires se brisent

oui de ses mains nues elle lui fracasse la tête

– Maman, dit Angela, Marina va tuer Lula !

Lula est la poupée préférée de Marina, une poupée en chiffon, elle est couchée sur le dos, nue sur la table de la cuisine et Marina est en train de lui larder le ventre de coups de couteau et de fourchette. Elle lève la tête quand Lin arrive.

– Elle est malade, lui explique-t-elle calmement. Il faut que je lui fasse des piqûres, ou elle va mourir.

La voix de Rachel au téléphone est faible, crispée, mauvaise.

– Tu es capable de prendre ta voiture et de venir ici tout de suite ? demande Lin.

– Je ne crois pas.

– Tu as pris des trucs ?

– Oui.

– Oh, merde, Rachel.

Dehors c'est une fin d'après-midi sombre, secouée de vent et de neige. Lin boutonne les manteaux des enfants, elle leur noue des écharpes autour du cou, elle tient les bottes pour Marina – Mets tes pieds, ma chérie, allez, pousse fort, très bien –, elle s'évertue à leur enfiler des gants.

– Bon, voilà, écarte bien les doigts, chaque doigt doit aller dans sa propre maison, d'accord ? Hé ! le numéro Trois est dans la maison du numéro Quatre, qu'est-ce qu'il fait là ? On l'a invité ou quoi ?

Elles arrivent enfin devant la maison de Rachel.

– Restez dans la voiture, dit Lin, je reviens tout de suite.

Et elle pousse la porte. La chambre de Rachel n'est pas jolie à voir, ni à sentir.

– Quel jour sommes-nous ? demande Rachel.

Lin accompagne son amie jusqu'à la salle de bains, la portant à moitié, et la fait s'asseoir sur le couvercle des cabinets. Elle ouvre grands les robinets de la baignoire. Ensuite elle fait une boule avec les draps souillés de Rachel et les fourre dans un placard.

Dans la voiture, Angela et Marina sont en proie à une crise de fou rire.

– Maman, maman, Marina a fait pipi dans sa culotte !

– C'est pas de ma faute ! dit Marina.

– Elle riait trop, explique Angela, et tu nous as dit de rester dans la voiture.

– Allez, venez dans la maison un instant, dit Lin. On te changera tout à l'heure.

Rachel a épluché tous ses habits et grimpé dans la baignoire. Lin éponge son dos émacié et peigne ses cheveux enchevêtrés tout en fredonnant doucement.

Quand elles repartent il fait complètement nuit. La lune est pleine et le vent bouscule des nuages à travers sa surface brillante. Levant les yeux au ciel, Marina dit :

– Maman, pourquoi la lune elle est toute déchirée ce soir ?

– C'est à cause de Sean ? demande Derek, appuyé sur un coude dans le lit, l'autre main glissée entre les cuisses de Lin.

– Non, je ne crois pas, dit Lin. Elle a envie de mourir, c'est tout.

– C'est fou, dit Derek. Si tu savais comme ses étudiants sont en adoration devant elle…

Lin ne répond pas parce que la main de Derek s'est mise à bouger. Ses doigts jouent de son sexe comme d'un instrument, la remplissant de la musique crispée des guitares espagnoles, elle voit des danseurs de flamenco, la tête fièrement rejetée en arrière et les pieds martelant le sol, les lèvres rouge sang de la femme lançant un sourire de défi, sa mantille en dentelle noire mêlée au noir de ses cheveux, la dentelle noire de son corsage, le pantalon moulant de l'homme et son regard sarcastique qui parle de meurtre, Carmen, meurtre, ses lèvres à elle qui s'écartent en un cri silencieux, ses yeux à lui qui étincellent comme des poignards, et la guitare qui joue maintenant plus fort, plus vite, des accords furieux et dissonants, Lin sent contre son flanc le désir contenu de l'autre corps, la tension dans ses reins est celle du matador arqué pour frapper le taureau, enfin la peau tendue est percée, elle éclate et le sang gicle, coule écarlate, elle jouit et jouit et, ouvrant les yeux, inonde de son plaisir les yeux de Derek qui sont posés sur son visage.

Peu à peu les vagues retombent. Encerclant de ses doigts la verge raide de son mari, elle s'enfonce telle une pierre dans le sommeil.

– J'ai fait un rêve, dit Angela le lendemain au petit déjeuner. J'étais à l'école avec mes copines et c'était l'heure des mamans, mais à la place des mamans c'est des sorcières qui sont venues, elles avaient mangé toutes les mamans et tous les policiers et maintenant elles avaient envie de manger les enfants. Et il y avait une araignée géante qui pendait au plafond et nous racontait des histoires tristes.

Lin regarde sa fille, bouche bée. Derek éclate de rire.

– C'est brillant d'avoir pensé à manger les policiers, dit-il. S'assurer, en somme, que toutes les voies de salut soient coupées.

Lin rend visite à Rachel dans la clinique où elle se repose. Son expression est à la fois penaude et paisible, comme si le fait d'avoir frôlé la mort de près l'avait rassérénée.

– Tu sais… lui dit Lin, parfois j'ai l'impression que si je regarde mes filles de trop près, elles vont disparaître. Se volatiliser, pouf ! comme des leprechauns.

– Mais c'est tout le contraire, dit Rachel. Les leprechauns se volatilisent si on *cesse* de les regarder.

– Quand même, dit Lin, c'est effrayant. Tu remontes le mécanisme quand ils sont dans ton ventre, et puis tout le reste de leur vie ils brinquebalent tout seuls comme des robots. Ils apprennent à parler, ils te font des câlins le soir, ils changent de taille d'habits comme un serpent change de peau… Au fond, ils n'ont pas vraiment besoin de toi.

– Qu'est-ce que tu racontes ? dit Rachel en fronçant les sourcils. Bien sûr que tes filles ont besoin de toi !

Il y a un silence. Et puis, Lin lâche :

– J'ai été invitée au Mexique.

– Alors va au Mexique, dit Rachel en se laissant retomber sur l'oreiller. Tu pars quand ?

– C'est pour diriger une compagnie. L'année prochaine.

– L'année prochaine ? Tu veux dire, *toute* l'année prochaine ?

– Oui.

Rachel la dévisage.

– Je ne comprends rien à ce que tu racontes, dit-elle enfin. Tu es censée être là pour me réconforter et au lieu de ça tu essaies de me donner une crise cardiaque.

– Laisse tomber, dit Lin. Je t'en prie. Je n'ai rien dit.

Quand arrivent les vacances d'hiver, Derek propose qu'ils passent une semaine tous les quatre à New York.

C'est sûrement une bonne idée, pense Lin, ça doit l'être

Dans la voiture, Marina lance des biscuits par la fenêtre. Lin est au volant, son ventre saigne, elle a mal.

– C'est encore loin ? c'est encore loin ? c'est encore loin ? demandent les filles. Du coup, Derek et Lin s'ennuient autant qu'elles, autant qu'eux-mêmes lorsqu'ils étaient enfants et que leurs parents leur infligeaient d'interminables voyages en voiture.

– Regarde le paysage, dit Lin. La même phrase dont Bess se servait, chaque fois qu'elle voulait lui imposer le silence.

Le paysage est du reste sans intérêt et Lin pense au Mexique, et à Cyd Charisse dans *Sombrero* – cette femme sous l'averse, la pluie lui coulant sur le visage et dans le cou et dans le dos, son corps vivant ensorcelant s'élançant parmi les corps des dieux en pierre monumentale, sa danse une frénésie de beauté et d'assurance, sa robe bleu cobalt ruisselant d'eau et collant à la peau crémeuse de ses cuisses, ses seins – et ce sourire, oh les dents blanches étincelantes de Cyd Charisse, sa joie insolente alors qu'elle bravait la tempête et tournoyait, grimpait, glissait et dégringolait parmi les statues, totalement seule et forte : le Mexique. Ce que veut dire avoir un corps dans un tel lieu. La flamme de la danse contrant l'ombre impassible des pyramides. Le fugitif faisant un pied de nez au définitif. La vie lançant un défi à la mort et gagnant – gagnant – oui, avant de perdre…

– Angela a besoin de faire pipi, dit Derek.

– Pipi, pipi, dit Angela.

– Il y a une aire de repos à cinq cents mètres, dit Derek.

Dans le grand magasin new-yorkais, Marina s'égare et se fait aspirer par le tourbillon de la foule. Transpirant dans son manteau de fourrure, les bras rompus par le poids des paquets, Lin traîne Angela à sa recherche dans toutes les allées, tous les rayons, tous les escalators...

– Je pensais que tu m'avais abandonnée, dit Marina après, dans la rue, avec de gros sanglots. Je pensais que je te reverrais plus jamais.

– Mais mon amour! dit Lin. Le sang bat violemment dans ses tempes. Jamais je ne t'abandonnerai! Je serai toujours là quand tu auras besoin de moi.

– Sauf quand tu seras morte.

– Oui. Sauf quand je serai morte.

– Tu pourrais te tuer exprès pour me faire mal, dit Marina.

Le lendemain de leur retour, un dimanche, Derek emmène les filles au parc toute la matinée pour permettre à Lin de travailler en paix. Elle se plonge à corps perdu dans les mouvements de la *Pietà*; oublie tout; laisse envahir son corps par l'indicible douleur des mères; s'acharne à styliser ces gestes immémoriaux que sont l'arrachement des cheveux, la lacération de la poitrine; traduit les flots de larmes en palpitations affolées des doigts, la mélopée funèbre en roulements géométriques sur le sol...

Enfin elle entend s'ouvrir la porte en bas et se déverser dans l'entrée le brouhaha familial; et elle s'arrête. Descendant l'escalier, elle frémit de sentir comme elle était partie loin tout en restant à la maison, alors que les autres sortaient. Elle embrasse Derek et commence à enlever son justaucorps, collé à sa peau par la sueur.

– Tu es trempée jusqu'à l'os, dit-il.

– Oui je sais, dit Lin, je suis fourbue. Je vais prendre une douche avant le déjeuner.

Elle traverse le salon en boitillant, tout en continuant de se dévêtir. Mais Angela veut l'embrasser aussi, et ensuite Marina insiste, geignarde, que c'est son tour, et quand Lin s'affale sans force sur le canapé, la petite fille se jette sur elle et se met à lui lécher avidement le bras, le cou, le visage, la léchant comme une chatte lèche ses chatons – Tu es toute salée, maman ! tu es délicieuse ! – mais ce n'est pas tout à fait agréable, pas tout à fait authentique, Marina n'est plus tout à fait assez jeune pour que cette effusion soit innocente. Lin compte jusqu'à dix avant de la repousser, doucement mais fermement, de ses genoux.

Les filles bavardent dans la chambre de Marina. Lin les entend à travers la porte entrouverte.

– Les yeux aussi ça pourrit, dit Angela.

– Et les muscles ? demande Marina.

– Bien sûr. Tout pourrit, sauf le squelette.

– Et les ongles ?

– Les ongles, non. Même, ça continue de pousser dans la tombe.

– Ah ! bon. Mais après, quand les doigts ils ont pourri, les ongles ils tombent ou pas ?

Lin s'éloigne, ses deux filles continuent de bavarder, elle ne les entend plus.

C'est leur dixième anniversaire de mariage. Assise sur le rebord de la baignoire, Lin regarde Derek se raser. Elle cherche à se perdre dans ces gestes familiers et toujours vaguement comiques : les doigts de la main gauche qui étirent la peau de la joue, du cou, de la lèvre supérieure, le menton qui se projette involontairement en avant, la bouche qui se tord et s'écrase pour s'écarter du chemin du rasoir

Elle sort sur la véranda et ramasse le *Times*

Elle pose le *Times* sur la table du petit déjeuner, s'assoit devant, pose le front dessus

À neuf heures et demie, alors que tout le monde est parti, on sonne à la porte. Des fleurs pour leur anniversaire ? Non. Un télégramme

de Bess

le facteur redescend les marches du perron en sifflotant

Lin a ouvert l'enveloppe

crise cardiaque, lit-elle, et puis

mort, lit-elle, et puis

Joe, lit-elle, elle n'arrive pas à coller les mots ensemble en une phrase

Elle se tient là dans l'entrée, le télégramme à la main. Du coin des yeux, elle se voit dans la grande glace au bout du couloir. Elle voit qu'elle est belle et que la main qui tient le télégramme est longue et blanche et recourbée comme un cou de cygne ; elle voit que le télégramme est du même bleu, en plus pâle, que la soie de son pantalon. Les caractères d'imprimerie tremblotent sur la page. L'enterrement doit avoir lieu le lendemain.

Elle va à l'université en taxi et fait irruption dans le séminaire de Derek. Devant ses étudiants, elle sent qu'elle est pâle et émouvante et que ses yeux sont grands ouverts, énormes. Ils vont ensemble dans son bureau et, quand elle lui dit la chose, il l'entoure de ses bras et la presse contre son corps.

– Je ne peux pas y aller en voiture, dit-elle. Je ne me ferais pas confiance pour conduire.

– Mon amour, tu n'es même pas obligée d'y aller du tout, si tu n'en as pas envie.

– Si, il faut que j'y aille. J'irai en train. Bess viendra me chercher à la gare. Je l'appellerai ce soir. J'amènerai les filles.

– Pas toutes les deux, dit Derek, ce serait trop. Prends Angela.

– Non, dit Lin. J'amènerai Marina Elle n'a jamais rencontré mon père… Je t'aime, Derek. Tu le sais ?

– Oui.

– Est-ce que tu pourrais t'arrêter en ville en rentrant, acheter une petite robe noire pour Marina ?

Angela est jalouse de la nouvelle robe de sa sœur.

Alors que Lin se prépare le lendemain matin, Marina la suit des yeux.

– Tu es la maman la plus belle du monde entier, dit-elle enfin. Tu es belle comme l'Italie ! Mais tu devrais choisir des habits qui vont mieux avec tes yeux, et avec tes lèvres, et avec tes cheveux.

Lin garde le silence.

– Tu as des rayures sur le front, poursuit Marina.

– Ce ne sont pas des rayures, dit Lin. Ce sont des rides. Parce que je commence à devenir vieille et moche.

– Je veux que tu sois moche tout de suite.

– Pourquoi ?

– Pour me moquer de toi.

Au petit déjeuner, Marina laisse tomber son verre de jus d'orange, qui se fracasse sur le sol. Dans le train, un gobelet d'eau jaillit de sa main et éclabousse le magazine du vieux monsieur assis en face. À midi, dans le café minable où Bess les a amenées pour le déjeuner, elle renverse son bol fumant de soupe aux champignons sur la jupe du tailleur noir de Lin. Lin descend aux toilettes et frotte sa jupe avec une serviette en papier qui se désintègre rapidement, laissant incrustées dans la laine noire de petites boules pelucheuses blanches impossibles à enlever

alors que son père est mort

– Ne vous en faites pas, madame, dit la serveuse. On va nettoyer tout ça en cinq sec. Vous n'avez qu'à changer de table, on lui apportera un autre bol de soupe. Elle est drôlement mignonne, votre petite.

– Je t'aime, déclare Marina à la serveuse en la regardant droit dans les yeux.

Bess, les idées visiblement brouillées par l'alcool, appelle Marina Angela six fois sur le chemin du cimetière. Elle s'est fait décolorer les cheveux à l'eau oxygénée, et son teint est malsain sous son chapeau noir bon marché. Lin met un bras autour des épaules de sa belle-mère et la serre contre elle, bouleversée à l'idée que cette femme vient de perdre la seule chose qui donnait une forme à ses journées. Que deviendra-t-elle maintenant ?

– On prendra soin de toi, Bess, dit-elle tout bas. Puis elle retire son bras, mal à l'aise, car elle sait ce qu'elle veut dire par là : ils lui enverront de l'argent.

Le cimetière n'est que pluie et boue et fleurs artificielles. Lin reconnaît quelques employés de la station-service de son père, ses partenaires de poker de vingt ans auparavant... Que diriez-vous d'un petit *high and low* ? Valets borgnes ! Le p'tit dans l'trou ! Cette fois-ci ce sera un *stud* à sept cartes, Suivez-la-dame frimé ! Allez, allez qu'est-ce que t'attends pour pisser ? Combien de cartes il te faut ? Rien du tout pour moi, Joe, merci, j'suis ben content de celles que j'ai... Ces hommes qui empestaient l'essence et la bière ne lui avaient jamais paru jeunes, mais maintenant elle comprend qu'ils avaient dû être jeunes à l'époque. Danser cela, danser cela...

Dès les tout premiers mots de la cérémonie, Marina se met à geindre et à pleurnicher et Lin doit la prendre dans ses bras. Il n'y a aucun moyen de tenir un parapluie en même temps que ce long corps encombrant. La pluie leur coule dans la nuque à toutes les deux et les chaussures pendillantes de Marina maculent de boue le pardessus de Lin. La mort de son père recule de plus en plus loin à l'arrière-plan.

Dans le train de retour, se penchant vers la dame âgée assise en face d'elles, Marina dit :

– Vous avez une dent en argent.

La dame rougit.

– Non, elle n'est pas en argent.

– Mais elle n'est pas blanche.

– Non, malheureusement. J'aimerais bien avoir de belles dents blanches comme toi.

– Moi, je me lave les dents. Tu as oublié de laver les tiennes ?

Un couple voisin pouffe de rire et la vieille dame rit aussi, de bon cœur. Mais Lin tire violemment sur la manche de sa fille, la force à se rasseoir, et lui dit tout bas sur un ton empoisonné :

– Je ne veux plus entendre un seul mot de toi pendant le reste du voyage, c'est compris ?

Lin écoute la radio en faisant du repassage.

Ce matin elle a interrompu son travail une dizaine de fois pour changer de station ; un torchon a brûlé à cause de ses allées et venues nerveuses

mais la musique refuse de venir là où est la peur

Elle tend la main vers le panier, prend un pantalon de Derek et le pose sur la planche comme s'il était lourd

le regarde

Dans un premier temps, décide-t-elle, elle repassera les jambes sans s'occuper des plis. Oui, tout ira bien. Ensuite elle tentera d'aplatir le pantalon de sorte que le pli soit droit des deux côtés. Elle commence son repassage à la cheville mais lorsqu'elle arrive à la cuisse l'étoffe est froissée en dessous. Elle regarde ses mains lisser le velours sombre, soulever le fer, faire des faux plis. Elle retourne le pantalon encore et encore, ses mouvements deviennent de plus en plus rapides et désordonnés, ce qu'elle fait n'a plus rien à voir avec le repassage. Enfin elle s'assoit sur une chaise et serre les mains très fort sous ses aisselles, pour les empêcher de bouger.

– Où est ma Lula ? demande Marina.

– Tu l'as peut-être laissée aux cabinets, dit Lin.

Tandis que Marina ouvre la porte des cabinets pour véri-
fier, Derek aperçoit la poupée sous la table de la cuisine.

– Tiens, Marina, dit-il. Elle est là, ta Lula !

– Non, dit Marina d'une voix ferme. Je l'ai laissée aux
cabinets.

– Mais ma chérie, dit Derek, elle est là ! je l'ai à la main.

Marina sort des cabinets, livide de rage. Elle va à grands
pas jusqu'à son père et brandit sa main vide sous son nez.

– Elle est là, ma Lula ! hurle-t-elle. *Je t'ai dit que je l'avais
laissée aux cabinets !*

Puis elle arrache la poupée des mains de Derek et quitte
la pièce.


C'est dimanche, oui encore une fois un dimanche matin
et les filles ont préparé un spectacle de marionnettes pour
leurs parents. Lin n'a pas le droit de boire son café, il faut
qu'elle assiste d'abord à la représentation des *Sept Petits
Chevreaux.*

Marina joue le loup. Quand il décide de tremper sa patte
dans la farine pour convaincre les chevreaux qu'il est leur
mère, Angela renverse tout le contenu de la boîte à farine
sur la tête du loup-marionnette, et sur le tapis du salon.

Lin fond en larmes.

Derek passe l'aspirateur en secouant la tête.


C'est le quatrième anniversaire de Marina ; Lin a orga-
nisé une fête. Elle exécute les gestes requis, installe les jeux
habituels, toujours les mêmes, mais, quoi qu'elle fasse, tout

reste sans joie. L'après-midi traîne et dérape, plusieurs disputes éclatent au sujet des jouets ; Lin est rapidement débordée. Qu'est-ce que je redoute à ce point ? se demande-t-elle. Que le bruit devienne de plus en plus fort, les enfants de plus en plus exubérants jusqu'à ce que la maison finisse par exploser…

À six heures précises les mères arrivent pour récupérer leurs rejetons, garant sagement leurs voitures à la queue leu leu. Lin n'a pas la moindre envie de leur parler.

Enfin la maison est vide.

Marina vient dans la cuisine où Lin est en train de ranger.

– Maman, dit-elle sur son ton le plus teigne, il ne reste presque plus de ballons !

– Comment ça ? Il y a quatre ballons là, par terre, juste devant toi.

– Non, c'est pas vrai ! Regarde ! Un, deux, *deux*, DEUX !

Lin bondit à travers la pièce et gifle Marina de toutes ses forces.

Assise sur le lit, elle lisse la courtepointe. Derek est en train de nouer sa cravate. Ils sont invités à dîner, la baby-sitter va venir d'un moment à l'autre et Lin n'a pas encore fini de s'habiller, elle ne porte que des bas et une combinaison. Elle caresse la courtepointe de sa main droite. Pourquoi ai-je tant de mal à la rendre lisse, parfaitement lisse ?

– Lin ?

Elle sursaute.

– Il est moins le quart.

Derek quitte la chambre. Lin se lève, passe une robe et glisse ses pieds dans des escarpins. Elle est prête. Elle entend, en bas, les voix perçantes des enfants qui accueillent la baby-sitter, la jeune fille qui leur répond gaiement, Derek qui fait une plaisanterie quelconque, des rires

C'est terminé. Elle est prête.

Cette nuit-là, allongée dans leur chambre, elle écoute le sifflement du radiateur. Heure après heure, elle s'efforce de le comprendre.

# DEUXIÈME PARTIE

# LA COMPAGNIE

Le fruit était mûr. Il avait mûri dans le cœur blanc et glacé de l'hiver, et il est tombé.

Lin danse dans la ville de Mexico. Ses pieds sont nus et son corps géant, plus grand que jamais. Elle est Cihuacoatl, la déesse aztèque des guerres et des enfantements. Elle sait tout, elle peut tout, rien ne l'arrêtera.

Elle travaille sur la maladresse. Elle fait tomber et tomber ses danseurs, se rappelant comment les amis de poker de Joe glissaient parfois de leur chaise et chutaient lourdement sur le sol sans même se réveiller. Et comment tombent les petits enfants, encore et encore, presque méthodiquement : courant dans les escaliers, ou dévalant les trottoirs, ou roulant à vélo, si pleins d'allégresse qu'ils semblent voler, et quand – boum ! – ils trébuchent et que le béton dur et plat les frappe à la poitrine, ils relèvent toujours la tête avec le même air stupéfait, avant les larmes.

– Ce sont les chutes, non les sauts, qui permettent de réaliser le rêve d'apesanteur, dit Lin. Acceptez le sol, chérissez le sol : toute l'énergie de la montée doit venir de la descente.

Elle aime la vibration du groupe, soudé par son esprit en une entité unique – enthousiaste échauffée irradiante, créant à l'unisson une électricité bondissante – et ses danseurs la portent aux nues. Jamais ils n'ont autant apprécié les répétitions, ni travaillé aussi dur. Ils seraient prêts, pour elle, à briser tous les os de leur corps.

oui c'est pour cela que je suis au monde
et rien – non *rien* –
ne peut égaler cette jouissance de faire bouger les corps dans l'espace
remplir l'air de mouvement
épouser la musique avec le silence scandé

sauts et soubresauts

muets hurlements de toutes les joies et peines de l'univers

Dans son rêve sa mère est là devant elle. Marilyn ! souffle Lin en la voyant, tout étonnée de voir comme elle est jeune, nettement plus jeune qu'elle, vingt ans à peine… Marilyn dévisage sa fille un long moment en silence, les yeux emplis de compassion. Ainsi, dit-elle, doucement et tristement, ainsi toi aussi, tu t'es enfuie. Mais non, maman, proteste Lin, tu ne comprends pas. Ça y ressemble peut-être de l'extérieur, mais ce n'est pas du tout, du tout la même chose – laisse-moi t'expliquer… Mais les larmes débordent des yeux de Marilyn, faisant fondre son visage, d'abord en des plans de couleur miroitants, ensuite en un écran blanc.

– Maman a dû s'en aller, dit Derek. Elle est partie faire un long voyage, on ne la reverra pas avant longtemps.

– Elle est morte ? dit Marina.

Derek passe les premières nuits assis dans son lit qui n'est plus leur lit, les yeux fermés mais sans dormir, à s'imprégner de ce qui vient de devenir sa réalité.

J'ai besoin de danser…

Il s'étonne d'être si peu étonné

et comprend qu'il le savait depuis longtemps, peut-être depuis toujours

Au bout d'une semaine, il appelle Theresa.

– Mme Lhomond est en voyage, lui dit-il d'un ton penaud. Je me demandais si vous aviez le temps de revenir, quelques heures par semaine.

Il sait qu'en arrivant le lendemain, Theresa comprendra tout en voyant son visage, et ne lui posera aucune question mais ôtera ses chaussures de ville pour mettre des savates et ira tranquillement chercher l'aspirateur, là où elle l'a laissé plusieurs années plus tôt.

Il trouve cette image bizarrement rassurante et s'endort, cette nuit-là, plus facilement que d'habitude.

Seule dans sa chambre, Marina se suce le pouce. Les phares des voitures passant devant la maison lancent sur le mur près de son lit des carrés de lumière ; si elle veut éviter les mauvais rêves elle doit réussir à plaquer sa main – vite vite – sur une des taches lumineuses.

Parfois cette méthode marche, et parfois elle ne marche pas.

Ce soir, elle n'arrive pas une seule fois à toucher la lumière. On dirait que les voitures arrivent en catimini, l'éblouissent et disparaissent. Si elle les guette à la fenêtre, elle n'aura pas le temps de courir jusqu'aux murs pour les toucher. Elle ne sait pas quoi faire.

Sous sa langue râpeuse, son pouce gauche est couvert de rides molles, comme ses doigts de pied quand elle reste trop longtemps dans la baignoire. Elle le mord soudain, essayant de se surprendre, mais la douleur qui en résulte est décevante.

Marina se lève, tire sa petite chaise devant la fenêtre et grimpe dessus. Elle pousse vers le haut le cadre de la vitre inférieure, glisse son pouce gauche dans l'ouverture, puis de la main droite referme brutalement la fenêtre

elle attend plusieurs secondes, les dents serrées, respirant fortement par le nez, avant de remonter le cadre pour se libérer

cette nuit-là, aucun mauvais rêve ne vient

et le lendemain elle cache sous la table son pouce enflé, à l'ongle noir


Dans la salle de danse de Lin, Angela fait ses demi-pliés, ses grands pliés et ses arabesques, chaque jour en rentrant de l'école. Elle respire la présence de sa mère dans la pièce, sent le regard de Lin sur son corps, entend sa voix : Baisse les épaules, c'est bien, écarte un peu plus les doigts de pied pour avoir un appui plus solide, très bien ma chérie, tourne les genoux en dehors – mais c'est tout à fait ça ! c'est superbe, quelle grâce dans ce mouvement du bras ! oui mon amour, ne t'inquiète pas, je suis en toi toujours toujours, je suis toi


Au bout de quelques semaines ils reçoivent une lettre de Lin – et, dans la même enveloppe, les papiers que Derek doit signer pour l'obtention d'un divorce mexicain.

Il lit la lettre aux filles à table après le repas du soir, imprimant aux mots une gaieté légèrement exagérée –

*La ville que j'habite,* dit la lettre, *est la ville la plus grande et la plus sale du monde entier. Il paraît que dans les dessins d'enfants de Mexico, le ciel est colorié en gris au lieu de bleu ! Mais je l'aime bien quand même... Un jour vous pourrez venir me rendre visite ici, si papa est d'accord.*

– Tu serais d'accord, papa ? demande Angela aussitôt.

– Mais naturellement, dit Derek. Quelle question.

Il remarque que Marina a la mâchoire serrée, qu'elle grince des dents.

Un peu plus tard, alors qu'elles viennent de se mettre au lit, il passe devant sa chambre et l'entend qui gronde sa poupée Lula à voix basse.

– Si tu n'arrêtes pas de pleurnicher, dit-elle, je vais partir et je ne reviendrai *jamais.*

Derek se fige. Puis, faisant demi-tour, il retourne à pas lents dans son bureau et signe les papiers de divorce.


– Maman ! *Maman !* MAMAN !

Entièrement nu, Derek court à la chambre de Marina. Elle a les yeux vitreux, elle ne le voit pas, elle regarde vers le dedans, où le rêve continue et elle hurle, elle hurle et il ne sait que faire. Le corps de Marina est figé, à moitié enroulé sur lui-même, les cheveux raides de sa frange lui collent au front, son pyjama est trempé de sueur, et elle hurle à en dégurgiter l'âme.

Derek prend dans ses bras cette petite chose rigide, glacée, suante, et descend l'escalier avec elle. Elle se débat.

– Je veux ma maman ! hurle-t-elle mais ce n'est pas à lui qu'elle le dit, elle est toujours dans le rêve. Derek la pose sur le comptoir de la cuisine et appuie contre son front un gant humide, c'est le pire moment de son existence, elle est toujours transie de peur et lui est là, nu, debout dans la cuisine près de sa petite fille hurlante.

La nuit de mars est paisible, avec une lune en faucille. Reprenant Marina dans ses bras, il sort avec elle sur la véranda couverte.

– Regarde les étoiles ma chérie, lui dit-il tout bas. Regarde la lune. *Regarde,* Marina.

Enfin les yeux de Marina suivent le bras tendu de son père, balaient l'écume scintillante de poudre blanche sur le noir, puis focalisent le petit C pointu de la lune. Un long silence éclôt.

– Combien il y a d'étoiles, papa ? dit-elle enfin.

– Je ne sais pas. Des millions et des millions. La plupart sont tellement loin qu'on ne les voit même pas.

– Comme maman, hein ?

– Ouais… C'est une étoile elle aussi, tu as raison.

L'enfant somnole déjà contre son épaule. Venant de sous la porte, un léger courant d'air lui hérisse les poils des testicules.

Je ne ferai plus jamais l'amour, se dit-il.

Lin et sa compagnie sont à Veracruz, ils travaillent à un nouveau spectacle. Tout en regardant bouger les danseurs, Lin recouvre les pages de son calepin de griffonnages et d'esquisses rapides : des mots font germer d'autres mots et forment des arcs et des fontaines… Foncer – tourner – foncer – ramper à genoux – plongeon – petit rond de jambe – vibrations des genoux – torsions sur place – bourrée – sissones – cigogne – grande arabesque tournant très bas… Des flèches tracent les mouvements de bras et de jambes. Lin décrit à haute voix ce qu'elle désire, fait une démonstration, met la musique, regarde en hochant la tête, fronce les sourcils, démontre à nouveau. Elle prend dans ses mains les membres de ses danseurs et les transforme en colombes, en Indiens, en bœufs, en planètes, en machines branlantes tintinnabulantes.

On leur a donné tout un gymnase pour les répétitions. C'est un espace idéal

mais pour s'y rendre, chaque après-midi, ils doivent traverser une aire de jeu

une aire de jeu remplie de petits enfants

de petits enfants qui batifolent et se chamaillent en espagnol

près d'eux sur des bancs se tiennent leurs mères et leurs nourrices, des femmes aux cheveux noirs et aux cuisses lourdes, tricotant et papotant ensemble

– N'y aurait-il pas une autre entrée au gymnase ? demande Lin à l'homme qui leur a trouvé cet espace. Mais la réponse est non. Non, il n'y en a pas.

Dans le métro de Mexico, et dans les rues – partout sauf dans la danse –, Lin est vulnérable : elle peut être attaquée par des bébés. Dès qu'elle entend un bébé qui pleure, c'est l'épouvante – elle voudrait arracher ces bébés aux bras de leur mère et les presser contre son sein, leur caresser le crâne, leur faire des baisers dans le cou – elle change de wagon, change de trottoir, court, parfois, pour échapper aux miaulements accusateurs.

La nuit, cependant, elle n'est pas taraudée par des questions : que font les filles en ce moment, à quoi pensent-elles, que mangent-elles comment sont-elles habillées qu'apprennent-elles à l'école… non, tout cela est banni de sa conscience par des somnifères

Le pire, pour Derek, c'est le corps. Il est incapable de regarder sa propre chair.

Quand il va chercher les filles à l'école, elles s'élancent vers lui en criant papa papa papa, les traits illuminés par la joie ; elles se jettent violemment dans ses bras pour qu'il les soulève et les serre très fort contre sa poitrine – à ces moments-là, et seulement alors, il supporte son corps.

Les mois s'écoulent, dans la grande et vieille maison. Il réussit enfin à monter au deuxième étage et à affronter cette pièce où Angela se ressource chaque jour, la salle de danse de Lin.

Tout est calme et chaud, la poussière dans un rai de lumière fait des paillettes d'or.

Lin et lui-même, étudiant les dessins de l'architecte étalés sur la table de la cuisine, parlant isolation et électricité et angles de lumière, calculant les factures, la langue dans la bouche l'un de l'autre. Il se souvient encore du goût de ce muscle rouge

et de l'odeur de sa sueur

et du cri aigu, sauvage, qui lui échappait parfois au moment de la jouissance, s'accrochant dans sa gorge avant de descendre en cascades jusqu'à son ventre où il se transformait en un rire chaud et gargouillant

et d'autres fois, en larmes

Il s'était attendu à trouver les glaces vides. Mais non : partout où il pose les yeux, il rencontre son propre visage torturé.

Lin n'a plus le droit de venir ici, se dit-il à voix basse en serrant les mâchoires. Cette salle ne restera pas ainsi, inchangée, à attendre son retour.

Quand Rachel passe les voir le lendemain après-midi, le parquet de la salle de danse a été recouvert d'une bâche en plastique ; vêtus de sarraus, le visage et les pieds nus tachetés de couleur, ils sont en train tous trois de peindre les glaces : Derek est perché sur un escabeau et les filles s'occupent du bas.

Quand ils ont eu fini, il ne reste des glaces que des éclats argentés, brillant du fond d'une jungle enchevêtrée de peinture.

– Comment fera Angela pour travailler son ballet ? demande Rachel.

– Je lui ai installé une barre dans sa chambre, répond Derek.

Plus tard, ils débouchent une bouteille de champagne. Rachel voit que Derek a les yeux rouges, et quand leurs verres se touchent elle n'arrive pas tout à fait à rencontrer son regard.

Marina se glisse hors du lit au milieu de la nuit, elle a la gorge sèche, papa m'a dit de ne pas le réveiller

Mais, pénétrant dans la cuisine sur la pointe des pieds pour chercher un verre d'eau, elle s'arrête net

Derek est là

son père, qu'elle n'a jamais vu autrement qu'occupé, est là,

simplement là,

la tête dans les mains

Marina fait demi-tour en silence et remonte se coucher.

Angela a les oreillons. Terrassée par la fièvre, elle a les joues écarlates et le regard flou. Derek téléphone à Theresa. Oui, elle pourra venir garder sa petite fille pendant la journée.

L'estomac noué, Derek explique la prise des médicaments à sa femme de ménage. Angela, se dit-il en lui-même, pardonne-nous. Pardonne à ta mère et moi.

– Maman ! *Maman !* MAMAN !

Angela. Cinq heures du matin. Son front lui brûle la main. Derek lui fait avaler ses médicaments, lui apporte de l'eau fraîche à boire, caresse sa gorge enflée. Il s'endort assis par terre, la tête appuyée sur son lit, et rêve, comme il le fait chaque nuit ou presque, de feu. Des maisons en train de brûler, des quartiers entiers en flammes. Des enfants immobiles et calcinés, le visage barbouillé de noir. Des enfants vivants, blottis contre le corps de leur mère morte, se nichant entre ses seins ou lui caressant le visage.

L'été vient, un été d'une chaleur abominable ; Sidney et Violet emmènent les deux filles en Floride pendant quinze jours. Angela se jette dans les bras vigoureux des brisants, se laisse extatiquement porter par les vagues. Marina n'aime pas l'eau ; quand l'eau se divise, ses gouttelettes s'épandent et coulent les unes dans les autres. Elle n'aime que le sable, aux grains nets et bien distincts. Elle passe son temps sur la plage à compter les grains de sable sur ses genoux.

Derek est accablé par la chaleur et la solitude. Il va en ville chaque jour pour se réfugier dans la fraîcheur de la bibliothèque. Ses étudiants lui manquent, ses filles lui manquent et il n'arrive pas à se concentrer : ses pensées dérivent, happées encore et encore par la spirale infernale de Lin – cela fait sept mois qu'elle est partie mais soudain elle est là chaque matin quand il gravit les marches de la bibliothèque, tournoyant au milieu des colonnes de marbre tel le fantôme d'Isadora Duncan, toujours à l'extrême limite de sa vision, juste sur le point de s'esquiver, et quand il pivote violemment pour saisir de ses yeux le pan flottant de sa tunique blanche, il ne reste plus d'elle qu'un frémissement d'air chaud.

Il téléphone à Rachel et l'invite au cinéma
Ses cheveux noirs ont été coupés très court
Ils ne se tiennent pas la main pendant le film
Après, elle le suit en voiture jusqu'à la maison

À la cuisine ils prennent des cannettes de bière glacée au réfrigérateur et boivent sans se parler. La chaleur de la journée est suspendue dans l'air et leur obstrue la gorge. Puis, se regardant au même moment, ils se lèvent lentement et s'étreignent. Derek est ému par la fragilité du corps de Rachel, ému de sentir son cœur palpiter contre lui comme un oiseau affolé. S'écartant d'elle, il pose les mains sur ses épaules osseuses.

Ils prennent une douche ensemble, se savonnant l'un l'autre dans la bonne fraîcheur du jet d'eau.

Ils s'allongent côte à côte sur les draps propres du lit de Lin et Derek. Une brise nocturne traverse la moustiquaire et leur effleure le corps.

Tendant la main, Derek caresse la courte courbe noire des cheveux derrière l'oreille de Rachel.

Chaque nuit jusqu'à la fin du mois d'août, chacune des dix nuits restantes avant le retour des filles, Rachel dort avec Derek. Parfois avant de s'endormir, elle referme doucement ses doigts autour de son sexe mou. Parfois il passe sa main sur ses omoplates pointues, ses seins minuscules. Parfois, se réveillant à l'aube, il contemple la mate nudité du corps de cette femme, immobile près du sien dans le lit.

L'un et l'autre, dans cette absence de désir, sont en train d'aimer Lin.

Ensuite les filles reviennent de la Floride, leur peau hâlée et leurs lèvres gercées par le soleil, leur tête remplie des tubes de l'été, et Rachel disparaît.

– Fais attention à cette Marina, dit Violet. Elle va te donner du fil à retordre, c'est moi qui te le dis. N'est-ce pas, Sidney ?

– Oui, Violet.

– Toutes les bêtises qu'il était possible de faire, elle les a faites. N'est-ce pas, Sidney ?

– Oui, Violet.

– Et d'une insolence, avec ça ! Elle n'arrêtait pas de me répondre. Tu n'es pas ma mère alors je n'ai pas besoin de t'obéir. Elle a osé me dire ça – n'est-ce pas Sidney ? Sérieu-sement, Derek, tu as pensé à lui chercher un psychothéra-peute ?

– Papa, dit Angela. Tu crois qu'on reverra maman un jour ?
– Oui, chérie. Je crois que oui, mais je ne sais pas quand.
– Ça t'arrive de lui parler ?
– Eh ! non.
– Moi, je lui parle, tu sais. Dans ma tête.
– Et elle te répond ?
– Oh ! oui.
– De quoi parlez-vous ?
– Eh bien, moi je lui demande pourquoi elle est partie et elle me dit que c'est parce que Marina était tellement vilaine, elle ne pouvait plus le supporter.
– Mais ce n'est pas du tout vrai, Angela !
– Oui, mais dans ma tête c'est ce qu'elle me dit.
– Tu ne dois jamais répéter cela devant Marina. Promis ?
– Promis.

Lin est à Paris avec sa compagnie ; d'avance, les journaux dégoulinent d'éloges.

Nous donnerons à cette ville une leçon qu'elle n'oubliera pas de sitôt. Paris c'est de la mousse donc nous serons tous des verres de champagne. Des ouvre-bouteilles. Des roues pleines de bâtons. Une parodie des Folies-Bergère, dansant le french cancan la tête en bas. Les jambes exécutent des battements de ciseaux puis se transforment en tire-bouchons, les bouteilles explosent, les bouchons volent, le champagne gicle et se répand sur le sol. Les mouvements enflent, se gonflent d'air, deviennent des bulles qui éclatent et disparaissent. Le public est médusé, muet de stupéfaction : les danseurs semblent s'être volatilisés. Mais non... l'air remue encore : de légères ondulations, des lueurs arachnéennes, tel l'arc-en-ciel qui chatoie à l'extrême bord d'un rêve... Puis noir.

Lin se promène sous les ormes le long du boulevard Saint-Germain. C'est une journée d'automne, resplendissante. Soudain, derrière elle – le mot anglais se découpant nettement sur le charabia français alentour –

– *Mommy !*

C'est Angela – la voix d'Angela – Lin virevolte. Son corps réagit avant son cerveau, elle n'y peut rien, ma fille, ma fille – elle virevolte.

Une fillette américaine, rouquine et rondelette, tire sur le bras de sa mère.

– *Mommy ! Mommy !* dit-elle, cherchant à attirer l'attention de sa mère sur quelque objet dans une vitrine.

Pas Angela. Le cœur de Lin rebondit contre ses côtes comme une balle en caoutchouc ; son ventre se soulève ; elle doit s'appuyer contre un orme tandis que, jacassant toujours, les deux Américaines la dépassent.

Derek s'est habitué à guider les petits pieds le long des collants en laine

à peigner les cheveux châtain clair emmêlés sans déclencher de cris perçants

à vider dans la poubelle les bols à moitié pleins de cornflakes ramollis

Il égalise la frange de ses filles, leur coupe les ongles des doigts et des orteils, vérifie qu'elles ont des chaussettes et des culottes propres en quantité, apprend à recoudre les boutons. Il cuisine pour elles de vrais repas, et leur pose de vraies questions sur l'école. Leur famille doit être un triangle, non un carré mutilé. Nous nous tenons tous la main. Nous sommes tous là. Personne ne manque nulle part.

Lui et Rachel se voient presque tous les jours à l'université. Dans la salle des professeurs, ils se tiennent côte à côte devant la fenêtre et regardent tomber la pluie, puis la neige. Ni l'un ni l'autre ne fait allusion à leurs nuits du mois d'août.

Marina déchiquette les manuels scolaires de sa grande sœur. Elle lui vole ses poupées Barbie. Un jour de décembre, sans prétexte, elle pousse Angela du haut de l'escalier. Derek entend depuis la cuisine un cri qui lui fige le sang : se précipitant dans l'entrée, il trouve Angela sans connaissance en bas des marches.

Dans l'air au-dessus de sa tête grouillent des ombres menaçantes.

Comment pourrait-il punir cette petite fille ?

Il faut fêter Noël, décide-t-il.

Pour la première fois de sa vie il achète un sapin et apprend aux filles à compter à rebours : plus que dix-neuf jours jusqu'à Noël, plus que dix-huit, plus que dix-sept – mais il ne sait pas de quoi remplir le zéro. Il passe ses nuits à tourner et à retourner la question dans sa tête. Un jour, n'y tenant plus, il fait tous les magasins de la rue principale, vidant son portefeuille et remplissant sa serviette et ses poches de babioles et de fanfreluches.

Il déverse le tout sur son bureau à l'université et se tient là, une bonne partie de l'heure du déjeuner, à fixer les souliers Barbie à talons aiguilles et les chaussettes parsemées de kangourous. Les cadeaux restent là, inertes, à le narguer. Enfin ils se mettent à étinceler, et il comprend qu'il pleure à nouveau.

À la veille de Noël, il accroche les chaussettes de ses filles au manteau de la cheminée et avale une demi-bouteille de whisky.

Marina réveille Angela à sept heures du matin ; ensemble elles font irruption dans la chambre de leur père et l'arrachent à ses rêves. Derek a des élancements dans le crâne. Il perçoit quelque chose de hideux dans leur enthousiasme : c'est celui des chiens de chasse, jappant sur les talons d'un renard qu'ils projettent d'écarteler.

– Allez voir ce qu'il y a dans vos chaussettes, leur dit-il d'une voix blanche, pendant que je me fais un café.

Les pieds des filles font un bruit d'avalanche en dévalant l'escalier. Elles remontent presque aussitôt. Leurs voix aiguës sont des becs d'oiseaux qui piquent et transpercent sa matière grise. Il tangue, doit s'agripper au comptoir pour retrouver son aplomb.

Assis tout raide, Derek regarde ses filles au pied de l'arbre de Noël. Les yeux brillants, les narines fumantes, elles s'emparent de leurs cadeaux, enfoncent leurs ongles sous les rubans, tirent, déchirent. Des chiens qui démembrent un renard, oui. Ou des vautours qui éventrent une antilope. Chaque cadeau allume dans leurs yeux une brève flamme de plaisir, qui s'éteint dès qu'elles tendent la main pour le cadeau suivant. Espoir, plus d'espoir. Espoir, plus d'espoir.

Elles cherchent, cherchent, mais quoi ? Ce n'est même plus Lin qu'elles cherchent.

Il décide de les amener dans le New Jersey pendant les derniers jours des vacances, même s'il se doute que la maison de ses parents ne sera guère plus reposante que la sienne. En effet, au moindre prétexte la voix stridente de Violet se met à vriller son mari : elle le gourmande et le réprimande sans trêve, le rendant écarlate de confusion. De plus en plus, s'aperçoit Derek, Sidney prend refuge dans l'absence.

Il les observe, effaré. À quoi lui et Lin auraient-ils ressemblé, au bout de quarante ans de mariage ?

– Vous n'avez jamais été mariée ?

Lin sursaute, comme prise en flagrant délit ; le mot Non traverse ses lèvres avant même qu'elle ait réfléchi. Elle est avec sa couturière, une Espagnole au teint cireux et aux doigts de fée, dans le café de son hôtel à Genève. Elles étaient en train de réviser les derniers détails de son costume pour demain – et puis soudain, de but en blanc, cette question

– Ah, alors vous ne pouvez pas comprendre...

La femme détourne les yeux et Lin voit qu'elle est sur le point de lui raconter l'histoire d'une tragédie, oui c'est bien cela, elle n'y coupera pas, la femme lui raconte qu'elle avait un petit garçon – son cadet, Juanito, oh l'enfant le plus adorable, un vrai petit ange, regardez – elle tire de son sac une photo et effleure du doigt les jolies boucles brunes,

et de toutes ses forces maintenant Lin n'écoute pas, parvient à ne plus attraper de la litanie larmoyante que des lambeaux

... faisait de la bicyclette... rue si calme... trois heures de l'après-midi... voiture déboulé... soixante à l'heure... ivre mort... percuté... crâne fendu...

La femme la dévisage maintenant, le front plissé, les yeux humides, l'implorant de reconnaître sa douleur

mais Lin reste froide et inflexible

elle a du sang qui lui coule dans la gorge à force de mordre l'intérieur de ses joues.

Derek se tient sur le pont avec Angela et Marina. La rivière est gelée. Tous trois lancent des cailloux sur la glace, riant au bruit étrangement musical que fait leur patinage.

Une année entière s'est écoulée. Derek contemple les filles : Lin fait désormais partie de leur passé, se dit-il.

Lin est à Saint-Moritz, en Suisse, là où Nijinski a dansé en public pour la dernière fois

ses pieds, mondialement célèbres pour leurs os d'oiseau, touchant à peine le sol

le caressant seulement, le saupoudrant de magie

Janvier 1919 : Nijinski avait trente ans et, la terre s'étant récemment ouverte pour recevoir les corps de huit millions de jeunes hommes, il n'avait plus d'autre choix que d'accepter la pesanteur. *Il faut faire des enfants pour avoir des soldats,* écrivait-il, *et on les tue tandis que la terre se couvre de cendres.* Vêtu d'un pyjama blanc et de souliers noirs, Nijinski avait dansé toutes les horreurs de la Grande Guerre, esquivant des projectiles, enjambant des cadavres en putréfaction, s'embourbant dans une tranchée saturée de sang. Pour finir – blessé, à l'agonie – il avait déchiré tous ses habits, les mettant en lambeaux. Ensuite, devant le regard ahuri des spectateurs, il s'était mis à superposer avec un soin infini des cubes de bois invisibles. Qu'avait-il voulu construire ainsi ? Son château imaginaire s'était effondré et il avait recommencé, entassant patiemment cube sur cube, rajustant, rééquilibrant, dans l'espoir que cette fois-ci… ou peut-être la fois suivante…

Lin a demandé des barres. Non seulement des barres de ballet horizontales, mais des verticales aussi, et des diagonales, s'entrecroisant dans l'espace telle une cage à poules énorme et inquiétante. Et, tandis que l'orchestre joue l'*Histoire du soldat* de Stravinski, elle danse l'Europe, la chose que Nijinski avait tant voulu construire, ou reconstruire – *Je ne veux pas de guerres,* avait-il écrit, *ni de frontières* : les frontières cherchent à enfermer Lin. Elle grimpe lestement sur une barre verticale et s'y suspend à angle droit, y fait ses exercices d'échauffement comme si la gravité n'existait pas… Mais, dès que ses mouvements commencent à se couler en une danse, les barres sont là pour l'arrêter et Lin doit tordre son corps pour épouser les formes qu'elles dessinent. Ses bras se plient et se figent en des angles bizarres, ses genoux fléchissent, gauchissent, sa tête tombe sur le côté, maintenant elle n'est plus qu'un automate, un soldat cassé qui exécute des mouvements de plus en plus rapides et saccadés, elle commence à se cogner violemment contre le vide – les barres sont maintenant immatérielles mais elles la cernent de plus en plus étroitement, inexorablement, elles s'assemblent en quatre murs autour de son corps et pour finir Lin est contrainte de s'allonger, c'est son cercueil

Quand elle revient sur scène pour saluer, le chef d'orchestre l'attend avec un gros bouquet de roses rouge sang ; en le lui donnant il l'embrasse sur les lèvres

un vrai baiser

elle sent sa langue

l'ovation se poursuit et, même entre les salutations, il garde le bras autour de sa taille

et elle se rend compte que c'est un homme

un jeune homme

un jeune mâle beau et talentueux qui lui a laissé dans la bouche le goût de sa salive

comme c'est étrange… la salive de Derek n'avait pas ce goût-là

Derek décide de donner une grande soirée. Lui et Rachel passent la journée à faire les courses et la cuisine et, sans avoir bu une goutte d'alcool, ils sont gris avant l'arrivée des invités.

Tous les amis restent jusqu'à deux heures du matin, à manger et à boire et à faire résonner les murs de leurs rires. Quand enfin ils se lèvent et enfilent leurs manteaux, traînant dans l'entrée pour échanger un dernier potin, un dernier baiser, une dernière poignée de main, Rachel ne s'apprête pas à partir avec les autres.

Ils se tiennent, épuisés, à la fenêtre de la chambre. Serrant tout contre le sien le corps gracile de Rachel, Derek lui dit très bas :

– Je t'aime, Rachel.

Elle s'effondre contre lui.

Ils dorment.

Le matin, alors qu'il fait encore nuit, avant que les filles ne se réveillent, ils font l'amour.

Le goût de Rachel.

L'arôme, lilas et sueur, au cou de Rachel.

L'arc noir des sourcils de Rachel.

Les longs doigts de Rachel, dans sa bouche.

Les orteils un peu difformes de Rachel, aux ongles peints.

Les côtes de Rachel.

Rachel assise devant son ordinateur, lunettes sur le nez.

Rachel lui souriant à travers les brumes de son thé matinal.

– Viens t'installer chez nous, lui dit Derek. Si tu en as envie.

– J'en ai envie, dit Rachel.

Ôtant ses chaussures, elle met ses deux pieds sur les pieds de Derek et lui mordille la clavicule.

Il n'est pas troublé de voir les habits de Rachel là où étaient ceux de Lin, la brosse et le peigne et le maquillage de Rachel là où étaient ceux de Lin, les pantoufles et le peignoir de Rachel là où étaient ceux de Lin.

Le corps de Lin a enfin quitté son corps ; du coup, les mains de Rachel sur sa peau ne sont pas là où étaient les mains de Lin.

Marina scrute Rachel, suit ses moindres mouvements avec des yeux assassins. Elle voudrait prendre un marteau et lui défoncer le visage, où tout est trop pointu et net comparé au visage doux et flou de sa maman ; elle voudrait arracher ses cheveux si noirs, d'un noir de corbeau qui envahit ses rêves avec d'affolants battements d'ailes…

– Je te déteste, dit-elle à Rachel, exactement comme elle avait dit Je t'aime à la serveuse.

Certains jours, elle se roule par terre en battant l'air de ses pieds et en gémissant. Derek ne supporte pas d'entendre gémir sa fille de cinq ans.

Lin donne le solo Nijinski chaque soir pendant quinze jours, après quoi le chef d'orchestre l'emmène à la plage pour se reposer.

– Je suis tellement fatiguée, dit-elle, tandis qu'il lui enduit le dos de crème solaire.

– Où êtes-vous fatiguée ? murmure-t-il avec un accent, tout en frottant. Quelle partie de votre corps ?

– Mon partout est fatigué, dit Lin. La moelle de mes os. Les ongles de mes doigts et de mes orteils. Les racines de mes cheveux sont fatiguées, fatiguées. Saviez-vous que l'énergie dépensée par un danseur sur scène est l'équivalent d'une ou deux crises cardiaques ?

– Non ! Vraiment ? dit le chef d'orchestre d'une voix caressante.

– Oui... Quand Nijinski était au sommet de sa forme, il s'effondrait pantelant à la fin de chaque représentation, dès le tomber du rideau, les mains crispées contre la poitrine. Les témoins disent qu'il ressemblait alors à une pauvre rose froissée... Ils prétendent même qu'on pouvait entendre battre son cœur par-dessus les applaudissements de la salle.

– Mon Dieu, c'est incroyable, murmure le chef d'orchestre.

C'est le petit matin dans leur chambre d'hôtel et le chef d'orchestre est à genoux par terre, sa tête sombre enfouie entre les cuisses de Lin. Dans l'amour qu'ils avaient fait la nuit, des genoux et des coudes n'avaient cessé de pointer, là où Lin s'était attendue à de la musique. Maintenant le chef d'orchestre tente désespérément de la rendre heureuse avec ses lèvres et sa langue.

132

Comme c'est étrange, se dit Lin, encore et encore.

– Votre sexe n'est pas une fleur, dit le chef d'orchestre au bout d'un moment, de sa belle voix aux accents graves. On ne devrait pas comparer cette chose à une fleur. Laissez-moi vous dire à quoi cela ressemble, vous ne le connaissez pas assez bien. C'est un paysage, voilà. Un paysage d'une complexité extraordinaire, fait de corniches et de vallons, avec des herbes sauvages qui poussent partout. Ses couleurs sont le rose, le rouge profond, le violet tirant sur le bordeaux. C'est la terre, votre sexe, un volcan formidable...

Lin l'interrompt. D'une voix douce elle dit :

– Il est déjà entré deux fois en éruption.

– Pardon ?

Le jeune et beau visage se lève vers elle, enlaidi, la peau humide, les lèvres rouges et ramollies.

– J'ai deux enfants, dit Lin. Elle ne peut pas s'en empêcher. Elle a besoin de le voir reculer d'effroi.

Et il le fait. Oui. Le chef d'orchestre recule d'effroi.

Ses deux enfants sont dans son sac à main. Elle garde leurs photos dans son portefeuille, toujours sur elle, mais elle ne les regarde plus. Elle les a regardées si souvent la première année que maintenant, chaque fois qu'elle pense à ses filles, ce sont ces photos qui surgissent devant ses yeux. Plus aucun souvenir mouvant de leur vie ensemble.

Les petites filles des photos sont figées, intemporelles, toujours souriantes, toujours âgées de sept et quatre ans. La nuit, cependant, elles se débattent furieusement dans le sac de Lin, luttant de toutes leurs forces pour en sortir. Lin entend leurs cris étouffés, sait qu'elle devrait aller les délivrer avant qu'elles ne suffoquent, mais elle est incapable de bouger.

Angela a appris à sa petite sœur les quatre opérations fondamentales. Marina est fascinée par les chiffres : elle les dessine en l'air, les juxtapose et les combine. Elle compte tout : les jours, les minutes, les bouchées de nourriture, les branches des arbres. Son rituel du soir s'est transformé : elle ne fait plus attention aux phares des voitures ; à la place, pour prévenir les cauchemars, elle se redresse dans son lit, raidit tout le haut de son corps et retombe comme une masse sur l'oreiller, se redresse et retombe, cinquante-deux fois de suite avant de glisser son pouce dans la bouche pour s'endormir. Le chiffre cinquante-deux est plein d'espoir parce que c'est à la fois le nombre de semaines dans l'année et deux fois le nombre de lettres dans l'alphabet – et aussi, secrètement, quatre fois treize le chiffre sinistre qu'elle aime et qui la protège. Son propre corps est un treize : deux pieds deux genoux deux hanches deux mains deux coudes deux épaules et une tête. Elle ne pense qu'aux parties dures de son corps, jamais aux parties molles.

Derek et Rachel sont assis, au soleil, sur les marches du bâtiment de philosophie.

– Ça ne t'a jamais frappé, dit Rachel, que les fleurs des arbres fruitiers sortent un mois avant les feuilles, alors qu'elles sont tellement plus fragiles ? C'est extrêmement courageux de leur part, quand on y pense.

– Tu as raison, dit Derek. C'est comme si une armée envoyait les femmes et les enfants à l'avant-garde, pour ouvrir la voie aux hommes.

Ils se taisent un moment. Puis, regardant toujours les arbres mais appuyant son épaule contre celle de Derek, Rachel dit tout bas :

– Elle vous écrit parfois ?

– Elle n'a envoyé qu'une seule lettre, dit Derek. Aux filles, il y a déjà un bon moment… Tu crois qu'elle se sent coupable ?

– Coupable… dit Rachel lentement, allumant une cigarette pour se donner le temps de réfléchir. Connaissant Lin, sans doute que oui. Mais je ne pense pas qu'elle ait des remords. C'était une de nos devises, à l'âge de seize ans : jamais de remords.

– J'ai toujours su qu'il n'y avait pas une once de remords en elle, dit Derek. Qu'elle était sans remords parce qu'elle était sans mère.

– Mais pas une once de cruauté non plus.

– Non. C'est vrai.

Pendant le silence qui s'ensuit, ils sentent sur leur visage la chaleur encore timide du soleil et attrapent au vol des bribes débiles de conversation estudiantine. Et puis, à voix basse, Derek ajoute :

– Voudrais-tu m'épouser ?

Rachel, qui vient d'avaler la fumée de sa cigarette, se met à tousser.

– C'est drôle, dit-elle en s'étranglant, j'étais sur le point de te poser la même question.

– Ma réponse, c'est oui. Et la tienne ?

– La mienne aussi, c'est oui.

– Alors, épousons-nous.

– Ce serait peut-être la façon la plus simple de régler la question.

– D'accord ? dit Derek.

– D'accord. Moi je t'épouse, et toi tu m'épouses.

– M'en donnez-vous votre parole, mademoiselle ?

– Êtes-vous bien sûr de n'être marié à personne d'autre, monsieur ?

– J'ai un papier qui le prouve. Maculé de taches d'encre et bourré de fautes d'orthographe, certes : mais il porte un tampon officiel donc il doit être efficace.

– Bon, d'accord.

Rachel se lève.

– En attendant, j'ai un cours à faire.

– Va le faire, ma grosse. Qui t'en empêche ?

– Derek. Sérieusement.

Rachel le dévisage.

– Sérieusement.

Il la dévisage à son tour.

– Tu sais que je ne pourrai pas être une mère pour tes enfants.

– Rachel. Mets-toi ceci dans la tête : je t'aime profondément et absolument. Je veux vivre avec toi nuit et jour. J'espère que tu seras non pas une mère mais une Rachel pour mes enfants. Maintenant va-t'en dans ton amphithéâtre, apprendre à ces mouflets comment distinguer la forme de l'apparence.

– Bon, bon, ne te mets pas dans tous tes états.

Marina et Angela assistent au mariage de leur père et de Rachel à la mairie, ainsi qu'une demi-douzaine de leurs collègues de l'université. Dans le restaurant où ils se rendent ensuite, Marina commande du lait et brise aussitôt le verre entre ses dents. Rien de grave, rien de grave : les yeux ronds d'étonnement, elle recrache le morceau de verre intact.

– C'est une coutume nuptiale juive que ma mère a négligé de me décrire ? demande Sean Farrell. Et les autres, soulagés, éclatent de rire.

Parfois, posant la main sur la mince paroi tremblante du ventre de Rachel quand ils font l'amour, Derek peut sentir son propre sexe. Parfois, quand il saisit ses hanches osseuses par-derrière, il a peur de la briser en deux. Autant que de s'accoupler avec sa nouvelle femme il a envie de la dorloter, de l'habiller chaudement, de la voir prendre un peu de poids et laisser pousser ses cheveux blancs.

Marina compte le nombre de pas entre la maison et l'école ; elle ne peut pas parler avec Angela pendant le trajet parce qu'elle se tromperait dans ses calculs. Elle préfère le trottoir à la chaussée parce qu'elle peut faire un pas et demi exactement par carré de trottoir alors que pour traverser la rue il lui faut tantôt dix-huit pas et tantôt dix-neuf, de sorte que le nombre total varie entre huit cent soixante-quatre et huit cent soixante-dix ; elle essaie de tomber chaque fois sur huit cent soixante-sept et quand elle y échoue il y a une punition, elle n'a pas le droit d'aller aux toilettes toute la journée à l'école

une fois elle fait pipi dans sa culotte en fin d'après-midi et doit trouver une nouvelle punition, adéquate à ce crime-là : elle n'aura pas le droit de boire pendant trois jours, décide-t-elle

elle voudrait cesser de manger aussi mais cela attirerait l'attention

et personne ne doit savoir

– Viens voir, Marina !

Angela entraîne sa sœur rigide dans le cagibi et elles fouillent ensemble dans la malle de vieux habits de Lin, se déguisent en dames d'une autre époque, regardent leur reflet dans la glace et pouffent de rire.

Angela est le seul être au monde qui sache faire rire Marina, le seul qui ait le droit de la toucher.

Les semaines passent, et d'autres semaines, et Derek se rend compte qu'il n'a toujours pas informé ses parents de son remariage.

– C'est une très vieille amie, dit-il à Violet au téléphone, d'une voix mal assurée. Nous nous connaissons depuis mon arrivée ici, elle enseigne dans le même département.

– Un professeur ! Sidney, tu as entendu ? Derek s'est marié avec un professeur de philosophie ! Comment s'appelle-t-elle ?

– Elle s'appelle Rachel, dit Derek en poussant un soupir.

– *Rachel !* Sidney, tu as entendu ? Derek s'est marié avec une jeune femme juive ! et professeur de philosophie par-dessus le marché ! Oh, va prendre le téléphone là-haut, Sidney, tu m'embêtes. Celle-ci va te donner un fils, Derek, je le sens ! Et quel fils ça va être !

– Elle est gentille ? demande Sidney.

– Elle est merveilleuse, papa, dit Derek. Tu vas l'adorer. Un peu maigrichonne, peut-être.

– Amène-la ici pendant les vacances d'hiver ! dit Violet. Pourquoi pas ? Je lui mettrai un peu de chair sur les os. Elle fait bien la cuisine, au moins ?

– Maman, il faut que j'y aille, c'est l'heure de coucher les filles.

– Et les filles, elles l'aiment bien, Rachel ?

– Salut, maman. Salut, papa.

Comment faire, se demande Derek, pour redevenir une seule et même personne ? Il aurait voulu jeter son univers aux pieds de Rachel, mais une partie de son univers a été modelée par une autre femme et refuse de se laisser jeter ; elle reste accrochée par un fil à l'autre bout du monde. Alors il travaille avec une ardeur redoublée, dort mal la nuit, se ronge les sangs. Son médecin lui signale une condition préulcéreuse.

Et puis un soir, alors qu'il est installé à sa table de travail et que Rachel est sortie pour présider quelque débat, le téléphone retentit.

– Derek ?

Le choc est comme une bombe atomique vue à la télévision, sans le son. Il n'arrive pas à formuler un mot.

– Derek... je vais être à New York au mois de juillet.

La voix de Lin est sonore et maladroite, comme si elle devait se frayer de force un chemin à travers les muscles de la gorge et du larynx.

– Tu penses que je pourrais voir les filles ?

Le champignon nucléaire se dissipe ; les battements de cœur de Derek sont des survivants blessés qui courent tous azimuts.

– Si tu veux, parvient-il à dire.

– Derek. Tu me détestes à ce point ?

Elle est flûtée maintenant, la voix de Lin.

– Non, dit-il. Non, non.

– ... Penses-tu que je pourrais parler à Angela ?

– Lin, c'est trop... soudain.

Il y a un long silence.

– Tu t'es remarié. C'est ça ? dit Lin.

Silence à nouveau. Elle le connaît toujours, traduit toujours correctement ses paroles.

– Je me suis remarié, mais ce n'est pas ça. Le téléphone, c'est un médium trop violent… Même moi j'ai la tête qui tourne.

– Qui est ta nouvelle femme ?

Presque un glapissement.

– Je la connais ?

Derek ne répond pas.

– Je la connais ? insiste Lin.

– J'ai épousé Rachel, dit-il enfin.

– Rachel…

Derek garde le silence.

– Je suis contente pour vous deux, dit Lin.

Il se tait toujours.

– Les filles se portent bien ?

– Très bien. Oui, toutes les deux vont bien. Et toi ?

– Seulement des hommes, répond-elle, traduisant correctement à nouveau. Pas de mari.

Sa voix est devenue rauque.

– Tu étais le seul mari, Derek. Je te l'ai toujours dit.

– Je ne peux pas continuer de parler comme ça, Lin.

– Je suis désolée… Oui. Au revoir. Dis aux filles… que je vais leur écrire.


La lettre promise arrive plusieurs semaines après le coup de téléphone. Elle est courte, tellement courte que Rachel et Derek devinent combien il lui en a coûté.

*Mes petites filles – même si je sais que vous n'êtes plus si petites que ça – j'espère que vous ne m'avez pas oubliée parce que moi, je suis très loin de vous avoir oubliées ! – Voici des photos et des programmes pour vous montrer un peu ce que j'ai fait depuis tout ce temps – Est-ce que votre papa vous a dit que je vais venir à New York au mois de juillet prochain ? – Angela ma chérie – Marina mon doux bébé – j'ai tellement hâte de vous serrer dans mes bras et de vous couvrir de baisers – Votre maman – Lin.*

Derek lit la lettre à voix haute alors que les filles prennent leur petit déjeuner. Quand il a fini, Angela, s'emparant d'une casserole métallique et de son couvercle, fait le tour de la cuisine en les entrechoquant comme des cymbales. Marina fait semblant d'être absorbée par la lecture d'une boîte de céréales.

Derek les regarde, hébété.

C'est une fête pour les filles de passer deux semaines avec leur mère dans une chambre d'hôtel à Manhattan. Chaque soir, pendant que Lin danse, elles regardent la télévision ; et quand elle rentre, bien après minuit, elles se pelotonnent toutes les trois dans le vaste lit blanc. Lin avale toujours un double whisky et un somnifère juste avant de quitter sa loge, pour ne pas rester éveillée après l'endormissement des filles, à penser à leurs corps, à leurs jambes qui sont devenues longues et à leurs grains de beauté qui semblent avoir changé de place. Elle remarque que, la nuit, Marina suce encore son pouce

Elles se prélassent au lit le matin, se commandent par téléphone un petit déjeuner copieux qu'elles mangent en faisant beaucoup de miettes, attrapent des crises de fou rire en se lavant les dents et en crachant le dentifrice le plus loin possible.

Marina regarde sa mère nue à la dérobée, de sous sa frange, pendant qu'elles s'habillent. Elle enregistre chaque détail : les mollets musclés, le cou long, l'étonnante ligne de vertèbres saillantes sur son dos comme des boutons sur un manteau

L'après-midi elles visitent le zoo ou l'aquarium

Lin les présente à ses danseurs et leur apprend quelques mots étrangers

Tout cela est follement exotique et dispendieux et gai

Quand Derek les voit descendre du car ce sont, vêtues des pieds à la tête de couleurs éclatantes, deux inconnues bronzées qui papotent ensemble en des monosyllabes d'espagnol.

– Comment va maman ? leur demande-t-il alors qu'ils roulent ensemble au milieu des champs de maïs et des grands panneaux publicitaires. Il n'aime pas appeler Lin maman mais il refuse de dire Comment va votre mère.

– Elle est belle comme tout ! dit Angela. Sa peau est toute brunie. Et elle nous a donné plein de cadeaux !

Les cadeaux, ce sont des jupes et des écharpes tissées aux couleurs chatoyantes, des mantilles de dentelle noire, des pendentifs en argent et des statuettes en ivoire… collectionnés au long de quatre années de pérégrinations.

– Elle était triste, dit Marina d'une voix forte.

– Elle était triste ?

– Ouais. Quand elle nous a accompagnées à la gare ce matin, elle avait les yeux pleins de larmes.

Les saisons tournent, tournent. Les filles changent. Elles ne sautent plus au cou de leur père, plus jamais. Derek se demande quel jour elles l'ont fait pour la dernière fois.

En décembre ils assistent tous à un spectacle de ballet dont Angela est la vedette. Et bien que Derek ne bronche pas, bien qu'il garde sa main posée sur la sienne sur le bras du fauteuil, Rachel sait qu'il est en train de s'éloigner d'elle, qu'il se tend avec nostalgie vers son passé, et vers l'avenir qu'il avait conçu avec la mère de cette enfant gracieuse et lumineuse sur scène. Tout comme sa mère, Angela sait maintenant bouger chacune de ses vertèbres indépendamment des autres. L'épine dorsale de l'être humain est une chose d'une sublime beauté, disait Lin autrefois à ses élèves – l'après-midi, lisant fenêtres ouvertes à sa table de travail, Derek entendait souvent sa voix résonner depuis le deuxième étage ; c'est comme une fleur immense qui pousse en s'ouvrant peu à peu... Vos muscles contiennent le souvenir du mouvement mais, de tout votre corps, ce sont vos os qui dureront le plus longtemps, bien après votre mort. Pensez à un cobra, lové à la base de la colonne, et qui commence à se déployer, à monter, monter, et tout en haut il ouvre son capuchon – oui ! Et n'oubliez jamais que votre bassin c'est la terre, et que vous devez le labourer et l'irriguer : toute l'énergie vient de là, doit être ramassée là en un nœud avant de pouvoir rayonner au-dehors. Oui : aimez votre ventre ! J'aime ton ventre, lui disait Derek le soir, posant des baisers lents sur son abdomen puis descendant peu à peu pour embrasser l'humidité entre ses cuisses, buvant d'elle avec une soif ardente, fou de joie devant ce corps qui s'arc-boutait, serrant de ses deux mains ses fesses si fermes…

Il avait oublié à quel point il avait été amoureux de Lin et là, à regarder leur petite fille sur la scène, il est brusquement envahi de mépris pour l'efficacité inexorable de sa vie avec Rachel.

Après les applaudissements, après les salutations et les fleurs, après l'épreuve de la rencontre avec les autres parents, arrosée de jus de pomme et de félicitations et de sourires figés, ils rentrent ensemble en voiture, les deux filles à l'arrière et les adultes devant. Derek déteste Rachel de savoir exactement pourquoi il est bouleversé et de ne pas lui en tenir rigueur ; il reste obstinément muet et elle aussi. Angela, comblée mais épuisée, n'a pour une fois rien à dire. Et Marina est taciturne comme toujours. Un silence mauvais fait trépider l'air dans la voiture.

Cet hiver-là, Marina se met à appeler Rachel maman.

Lorsqu'elles se promènent ensemble dans la forêt, elle avance toujours d'un pas rapide et raide, la tête baissée, les yeux au sol.

– Raconte-moi encore, maman, dit-elle quand elles s'arrêtent sur le pont, comment on a déporté tes oncles et tes tantes à Auschwitz.

À Rome l'été suivant, elle appelle Lin obstinément par son prénom, trouve mille petites manières de la blesser, demeure maussade et renfrognée tout au long de la semaine qu'elles passent ensemble. Lin voit qu'elle a abandonné son pouce mais que, de plus en plus, ses mains lui échappent : elles errent sur son corps tels des papillons nerveux, grattant des boutons imaginaires sur son visage, lissant ses habits avec de petits mouvements spasmodiques.

Une nuit de chaleur étouffante, allongée sous un drap entre la respiration paisible de son aînée et les tressautements de sa cadette, Lin s'efforce de retrouver des souvenirs d'elle-même à neuf ans, elle-même à douze ans, remontant les décennies, épluchant soigneusement les images dans une tentative pour se glisser dans la tête de ses filles

mais la chambre est irrespirable, la fenêtre est grande ouverte et il monte, d'un groupe de fêtards sur la place en bas, des bribes de chants et de rires qui déchirent sans cesse sa rêverie

de sorte qu'à la fin elle se lève, avale encore un somnifère et laisse les nuages bienfaisants envahir son esprit

oui une fois de plus elle a réussi à éviter les larmes

Le lendemain, avant d'accompagner les filles à l'aéroport, elle leur achète encore des cadeaux. Elle ne peut pas s'en empêcher, elle a envie de vivre sur leurs mains et sur leurs pieds, dans leurs cheveux et sur toute la surface de leur peau ; elle est le livre à travers lequel leurs yeux zigzagueront pendant des heures, le chandail qui leur tiendra chaud l'hiver prochain, la douce lingerie en soie qui s'appuiera contre leurs parties intimes, ces parties dont autrefois elle et Derek se disputaient gaiement la toilette, et qu'elle n'a plus le droit de voir ni de connaître

Mais, dès que les filles s'envolent, dès le trajet en taxi qui ramène Lin seule de l'aéroport, le travail se précipite en elle telle l'eau dans une écluse et la remplit totalement, totalement,

presque

Angela a eu ses premières règles.

– Félicitations, lui dit Rachel en l'embrassant sur le front. C'est le tapis rouge que ton corps déroule pour t'accueillir dans ta vie de femme.

Ce soir-là, tout de suite après le repas, Marina s'enferme dans sa chambre.

ses doigts sont des papillons, ils volent, ils volent, frôlant toute la surface de son corps, la chatouillant et l'agaçant, il faut qu'elle les attrape

Elle va jusqu'à la commode, prend une épingle et l'enfonce dans le bout de ses doigts

l'un après l'autre, calmement, soigneusement

Tenez-vous tranquilles, petits papillons, murmure-t-elle, fascinée de voir le minuscule globe de sang qui se forme sur la peau rose avant de couler – Reste là, reste mon rubis – mais à chaque fois le globe se défait et coule et il faut recommencer... Si seulement elle pouvait les garder tous ! en faire un collier pour sa sœur !

après, elle jette soigneusement dans les cabinets les tissus ensanglantés

Derek est de plus en plus accablé par le poids de la routine universitaire, et par l'idée de son vieillissement. Quand il se rase le matin, la vue des cernes gris-marron sous ses yeux le déprime. Lin, autrefois, adorait le regarder se raser. Pourquoi Rachel ne le regarde-t-elle jamais se raser ? Pourquoi ne lui fait-elle pas sentir que chacun de ses gestes est irremplaçable ? Et pourquoi est-il toujours sur les nerfs ?

Pour se remonter le moral, il accepte des invitations à des colloques dans des universités lointaines et prestigieuses, et revient chaque fois abattu, les poches remplies de stupides petits savons et confitures d'hôtel pour les filles.

Après l'un de ces voyages, revenant par le car à midi, mal rasé et mal en point, il décide de déjeuner au café. Peut-être cela l'aidera-t-il à dissiper sa mauvaise humeur avant de retrouver Rachel.

Il commande un sandwich et une bière. Et puis, il la voit. Rachel. À travers la foule mouvante d'étudiants affamés et de serveuses harassées, il la voit, assise à une table à l'autre bout du café, seule avec un homme. Sean Farrell.

Il ne peut pas se retenir. Glissant de son tabouret, les yeux rivés sur le visage de sa femme, sur ses grands yeux sérieux et ses lèvres remuantes, il se dirige en titubant vers leur table. Quand diable le verra-t-elle ? Pourquoi ne sent-elle pas que l'homme qu'elle a épousé est là, tout près d'elle, de plus en plus près ? Le sentirait-elle s'il brandissait un revolver ?

Mais il se trompe. Quand les deux relèvent la tête enfin, leur étonnement est joyeux plutôt que coupable.

Et pourtant, il ne se trompe pas.

Ce soir-là, dès que les filles sont au lit – elles n'ont plus besoin qu'on leur lise une histoire le soir, ni qu'on les aide à mettre leur pyjama, ni qu'on les rassure au sujet des cauchemars, ni qu'on remonte cinq fois les marches en réponse à leur Papa ! Rachel ! Encore un bisou ! *un seul* et puis c'est tout ! elles ne réclament plus en se couchant qu'un bonsoir de pure forme – il se sert un whisky agressivement énorme et se retourne sur Rachel.

– Alors ? Pourquoi attends-tu que je m'absente pour voir Sean Farrell ?

– Je n'attends pas que tu t'absentes.

– Tu veux dire que tu le vois régulièrement.

– Non, je le vois irrégulièrement.

– Et je suis censé trouver cela épatant.

– Derek, je ne t'ai jamais dit ce que tu étais censé faire.

Derek ne sait pas quoi dire. S'il lui demande si elle couche avec Sean Farrell, ils se seront abaissés au niveau des feuilletons télévisés. Il a envie de la tabasser.

– Tu couches avec lui ?

– Mon amour…

Rachel cherche à le prendre dans ses bras mais il la repousse brutalement.

– Tu couches avec lui ?

– Oh, Derek. Sa mère vient de mourir. Il est submergé par la douleur. Il avait besoin de me parler.

La voix de Rachel est basse, découragée.

– Vous n'êtes que de bons amis, c'est ça ?

– Non.

À nouveau il est pris de court.

– Pour l'amour de Dieu, dit Rachel, qu'est-ce qui te prend ? Je t'aime.

– Tu aimes toujours Sean Farrell. Après toutes ces années, tu l'aimes encore. C'est bien ce que tu es en train de me dire ?

– Oui.

Derek sent qu'elle le regarde mais n'arrive pas à lever les yeux vers elle, il a l'impression qu'on vient de l'assommer avec une pelle. C'est l'enfer, se dit-il. Je suis trop vieux pour souffrir à ce point.

– Et toi, poursuit Rachel tout bas, tu aimes toujours Lin.

Il est incapable de lui répondre.

– Derek, on ne peut pas tuer les choses qu'on a faites avant. Je n'ai pas envie de t'entendre dire que Lin était une erreur dans ta vie.

À nouveau elle presse son corps contre le sien et cette fois il ne la repousse pas, cette fois il s'accroche à elle comme un tout petit garçon effrayé.


Angela, cheveux blonds emmêlés, chemise de nuit froissée, apparaît dans la porte de la pièce où Derek travaille.

– Je peux te parler, papa ?

– Eh, il est onze heures.

– Je sais, mais je n'arrive pas à dormir. Je réfléchis…

Il fait pivoter vers elle son fauteuil et elle grimpe sur ses genoux de longues et belles jambes maintenant, ses pieds pendent presque jusqu'aux siens

– À quoi réfléchis-tu ? dit-il.

– J'ai envie de laisser tomber le ballet.

– *Quoi ?*

– Oui.

– Mais ta prof dit que tu es douée…

– Oui, mais j'ai envie de faire du théâtre. J'en suis sûre maintenant, j'ai envie d'être comédienne quand je serai grande… Oh papa, je t'en supplie, dis oui.

Derek la fait descendre doucement de ses genoux.

– Tu n'as pas besoin de décider ça tout de suite, si ? Les gens changent souvent d'avis, tu sais, entre douze et vingt ans.

– Je ne changerai pas d'avis, j'en suis sûre. Oh, papa, je suis tellement, tellement heureuse !

Elle l'embrasse sur la bouche et s'éclipse. Les doigts de Derek frôlent ses lèvres, mouillées du baiser de sa fille.


– Qu'est-ce que tu lis, maman ?

Rachel lève la tête. Marina se tient devant elle, les pieds tournés légèrement en dedans, les yeux presque entièrement cachés par sa frange châtain.

– Kant.

– C'est qui ?

– C'est un philosophe allemand qui faisait exactement la même promenade tous les jours à la même heure. Ses voisins pouvaient régler leur montre sur son passage.

Marina sourit.

– Il parle de quoi ? Tu peux m'en lire un peu ?

Et elle s'installe aux pieds de Rachel, suivant ses mots comme un puma suit les mouvements de sa proie.


En apparence les filles s'éloignent l'une de l'autre – Angela se précipitant tête la première dans la séduction, se rasant les jambes et les aisselles, enduisant ses cils de mascara, déclamant ses rôles dans toute la maison ; Marina cultivant au contraire une excellence toute mentale, enfonçant ses crocs dans le savoir, remportant prix après prix, sautant une année à l'école –

Mais l'affection entre elles est une forteresse qui les protège toutes les deux.

Lin est à Chicago. Elle ne se lasse, ne se lassera pas de cela, les tournées internationales, les avions, les salles de répétition sous-chauffées ou surchauffées, le maquillage, les bijoux clinquants en toc, les costumes, les rideaux et les plateaux, des centaines de plateaux, parfois trop grands parfois trop petits et parfois – Dieu nous en garde – en plan incliné pour la perspective du public, et les danseurs doivent alors faire semblant d'être à l'horizontale, ne pas glisser, ne pas perdre l'équilibre…

Les vestiaires de danse se ressemblent dans le monde entier : poussière et sueur, sueur et poussière, odeur des pieds et des aisselles et des aines, collants raidis par la crasse des doigts de pied, costumes jaunis par la transpiration, corps rompus qui se frottent les chevilles, se massent le cou, se plaignent de crampes et de bleus – non, Lin ne se lasse pas de cela parce que, sur scène, ces mêmes corps morcelés deviennent toujours, comme par magie, indolores et intègres : les articulations se dilatent, la chair devient légère et transparente, la sueur luisant sur la peau se transforme en or fondu ; ce sont des instruments de musique, des anges vibrants, des nuées lumineuses. Voilà la naissance, oui : la seule façon de ne pas perdre ce miracle d'être en vie, c'est de montrer, montrer, remontrer sa perte…

Un soir alors qu'elle ôte son maquillage après la représentation, Lin entend frapper timidement à la porte de sa loge.

Une jeune femme potelée, mal fagotée, se tient dans le couloir ; des larmes brillent dans ses yeux.

– C'était divin, souffle-t-elle. Pardonnez-nous de vous déranger comme ça, mais…

Ah. Elle n'est pas seule. Une petite fille était dissimulée dans ses jupes, et maintenant sa mère la pousse vers Lin.

– Vas-y, chérie, vas-y…

Serrée dans son poing la fillette tient une rose à longue tige. Sa mère a dû lui dire de la donner à la danseuse, mais elle est paralysée. Lin se penche pour poser un baiser sur son front et la débarrasser de son fardeau parfumé.

– J'ai pris des leçons de danse moi-même, glapit la mère en rougissant, quand j'étais jeune. Mais – oh, madame Lhomond – vous êtes tout ce que j'ai toujours rêvé d'être ! Merci d'exister. C'est tout ce que je voulais vous dire.

La petite doit avoir le même âge que Marina, se dit Lin distraitement.

Et puis : non.

Bien sûr que non.

Elle a quatre ans. Marina en a presque quatorze maintenant.

Elle recule en hochant la tête et, sans un mot, leur ferme doucement la porte au nez.

Marina a beaucoup grandi cette année mais le sang n'a pas encore jailli de son for intérieur, elle est trop maigre.

– Ne t'inquiète pas, chérie, lui dit Rachel, pour moi c'était pareil. Il faut simplement que tu manges un petit peu plus.

– Je ne m'inquiète pas, maman, dit Marina.

Mais soudain elle ajoute :

– Et les femmes dans les camps, il paraît que leurs règles s'arrêtaient aussi ?

Rachel la regarde, pétrifiée.

– Ne dis pas de bêtises, marmonne-t-elle enfin, en détournant le regard. Ça n'a rien, mais strictement rien à voir.

Assise par terre dans la chambre d'Angela, Marina regarde sa grande sœur se maquiller.

– Tu sors avec qui, ce soir ?

– Avec David. Le meilleur comédien du club. Grand, beau, tout le tralala…

Méticuleusement, Angela dessine un grain de beauté sur sa pommette droite.

– Et vous faites quoi, ensemble ?

– On va au cinéma et on ne regarde pas le film.

– Mais ?

– Mais, mais… La vie est belle, sœurette, il suffit parfois de fermer les yeux et on voit toutes sortes de choses extraordinaires.

– Ça ne barbouille pas ton maquillage ?

– Oh ! bof.

Rentrant ensemble du lycée le lendemain, Angela s'empare subitement du bras de Marina.

– Tu peux garder un secret ? dit-elle.

– Oui, je peux… Alors, ça ressemble à quoi ?

Angela hésite, rougit, sourit, fière et gênée à la fois.

– C'est chaud, chaud… La chose la plus chaude que j'aie connue de toute ma vie. Tu verras.

Elles marchent en silence.

– Tu as saigné ? dit Marina enfin.

– Pas une goutte, dit Angela en riant. Le ballet a dû me déflorer il y a belle lurette.

– Et… tu l'aimes, David ?

– Oh ! bof.

Les deux filles éclatent de rire.

Dès qu'elles arrivent à la maison, Marina grimpe l'escalier quatre à quatre, se verrouille dans sa chambre et se plante devant la glace

Elle commence lentement et puis elle accélère

à la fin c'est drus et durs que les coups pleuvent sur ses joues

et c'est chaud, ah c'est chaud

Cet été-là, alors qu'Angela vient de finir son bac et Marina sa seconde au lycée, elles retrouvent Lin à Berlin. Elles sont bien sûr trop grandes maintenant pour dormir dans le même lit que leur mère : elles sont aussi grandes que Lin et Angela a les seins plus gros qu'elle, ces visites commencent à les mettre mal à l'aise

et celle-ci sera la dernière

Lin revient du théâtre à une heure du matin et trouve Angela seule dans leur suite, à moitié endormie.

– Où est Marina ?

– Comment ? – écartant d'épaisses mèches blondes de ses yeux pour consulter sa montre. Elle n'est pas encore rentrée ? C'est bizarre… Elle est descendue acheter des cigarettes vers onze heures, j'ai dû m'endormir…

Marina, où es-tu ? La première fois qu'elle a quitté la cuisine en rampant sur le ventre. Ou bien était-ce Angela ?

Marina, où es-tu ? Le jour où elle s'est perdue dans le grand magasin à New York

– Elle a quinze ans, explique-t-elle, au commissariat du quartier.

Le commissaire est d'une obséquiosité agaçante : il a reconnu Lin d'après sa photo dans le quotidien du soir.

– Ne vous en faites pas, madame Lhomond. Elle ne peut pas être bien loin. Ce n'est pas un quartier dangereux ici, probablement elle est dans un café quelque part en train d'écouter du jazz. Je vous en prie, restez calme, nous ferons tout notre possible pour retrouver votre fille. Vous n'auriez pas une photo d'elle ?

Lin le fixe. La vieille photo est toujours là, dans son portefeuille, la petite Marina sourit toujours de la même façon et son visage est toujours plaqué contre le visage de sa sœur

– Non ! dit-elle, presque en criant.

Angela vient mettre un bras réconfortant autour des épaules de sa mère

et pour la première fois de sa vie, Lin sent qu'elle est vieille. Qu'elle est comme Bess.

On retrouve effectivement Marina, vers cinq heures du matin, au moment où l'aube commence à blanchir les rues de la ville. Lin entend sa voix dans la pièce à côté, basse et furieuse – comme son père, se dit-elle, elle baisse la voix quand elle est en colère…

– Je ne faisais que me promener, on n'a pas le droit de se promener dans ce pays ?

– C'est bien votre mère ? dit le commissaire en lui montrant la photo du journal.

– Pas du tout, rétorque Marina d'une voix sèche, neutre. Je ne connais pas cette femme, je ne l'ai même jamais vue… Vous voudriez bien me laisser partir maintenant ?

Dans la salle où elles attendent, Lin s'est effondrée sur une chaise.

On procède à une vérification de ses papiers.

– Vous voyez ? jubile Marina. Je vous l'avais bien dit, que ce n'était pas ma mère. Je suis juive, moi ! Lhomond, ce n'est pas un nom juif. Vous vous êtes remis à arrêter les juifs, dans ce pays ?

Angela entre à grands pas dans la pièce, se plante devant Marina et la dévisage. Marina cherche à détourner le regard mais, malgré elle, comme sous l'effet de l'hypnose, ses yeux reviennent vers ceux de sa sœur.

On entend le tic-tac de l'horloge. Les policiers sont désemparés. Personne ne bouge.

Enfin Angela dit, d'une voix calme et chaude :

– Allez, sœurette. C'est moi la comédienne, tu as oublié ? Viens, on rentre. La nuit a été longue.

Elle tend vers Marina ses deux mains, la paume vers le haut, et au bout d'un moment les mains de sa sœur viennent s'y poser tels des oiseaux épuisés.

Un raclement.

C'est le seul mot qu'elle trouve pour le décrire, un raclement. Cela commence un mois de septembre, à Madrid.

Quand Lin marche, sa hanche droite semble racler, comme une pelle qui heurterait inopinément du ciment. Oh, une toute petite pelle. Et seulement quand elle a trop travaillé, quand elle est exceptionnellement fatiguée.

Cela mérite à peine que l'on en parle.

Donc elle n'en parle pas.

Marina, ce même mois de septembre, traverse d'un pas à la fois lourd et rapide le campus de son université, toujours encombrée d'un gros sac de livres, les yeux rivés au sol. Elle ne parle jamais aux autres étudiants, ne les voit même pas, ils lui sont plus indifférents encore que les arbres : les flamboyants érables rouges, les filles blondes aux baskets blanches, le jaillissement doré des sorbiers, les garçons boutonneux et sincères, les sidérants mélanges de pourpre et de vert se succédant en pointillé tel un message en morse : tout cela est pour elle comme le décor bariolé d'un théâtre de marionnettes.

Dans sa chambre au dortoir, elle lit seule et dort seule et prépare seule ses examens, penchée sur sa table de travail, fumant cigarette sur cigarette. Les murs sont nus. Son principal sujet d'étude est la Shoah, oui c'est cela qu'elle tient à comprendre par-dessus tout, les idées qui ont engendré cette monstruosité et celles qui étaient impuissantes à l'empêcher : l'objet de ses lectures et de ses réflexions et de ses écritures incessantes, c'est l'horreur.

– Pourquoi ? lui demande Angela.

– Eh bien, je me dis toujours que par rapport à cela, ma souffrance à moi ce n'est rien. Rien ! Tu comprends ? Par exemple, tu te souviens quand on a visité la tour Eiffel avec Lin, on montait à l'angle dans cet affreux ascenseur bondé et brinquebalant, ça puait toutes sortes de sueurs, une grosse dame a enfoncé son talon aiguille dans mon pied, j'étais paniquée, au bord d'une crise de nerfs, et soudain je me suis dit : Au moins on n'est pas dans un wagon à bestiaux en 1943 ! Ça marche à tous les coups…

Chaque samedi matin Marina prend le train pour Manhattan et lorsqu'elle arrive dans la tourmente terrifiante de la gare centrale Angela est toujours là à l'attendre ; le regard de Marina repère la tête blonde frisée de sa sœur puis se rétrécit pour ne plus cadrer que cela – oh Angela tu es si belle, si rassurante, marchant ainsi vers moi – et les deux sœurs s'étreignent. La chair d'Angela est chaude et ferme et Marina est comme amarrée à elle, il n'y a plus dans la gare ni flottement ni frayeur une fois qu'elle est entrée en contact avec le corps de sa sœur.

– Tu as mangé ?
Marina secoue la tête.
– On dirait que tu n'as pas mangé depuis la dernière fois que je t'ai vue.

Angela la fait entrer en douce dans la cuisine du restaurant où elle travaille et les deux sœurs s'empiffrent, en pouffant de rire, d'huîtres au gratin, de tomates en tranches, de tout ce qui traîne sur les comptoirs ce jour-là.

Le soir, Marina regarde Angela exécuter son dernier numéro de comédie : parfois dans un club, le plus souvent dans la chambre-salon-salle à manger de son petit appartement à Union Square, où le seul autre public est celui, muet et indifférent, des cafards.

– Bon, celui-ci, c'est sur les pieds des femmes, d'accord ? Sans paroles.

Et, en l'espace de trois minutes, alors que Marina l'observe, ébahie, Angela passe d'une ballerine qui, enlevant ses pointes, est épouvantée de voir qu'elles sont pleines de sang, à une vieille courtisane chinoise qui boitille en s'efforçant de peser le moins possible sur ses pieds bandés, à un mannequin qui tangue dangereusement sur ses talons aiguilles…

– Tu es géniale ! s'exclame Marina.

Elle voudrait qu'elles soient encore des petites filles, en train de se bricoler des costumes et de jouer à faire semblant.

Souvent le dimanche soir, au moment où Marina s'apprête à repartir vers sa banlieue, un homme arrive pour sortir avec Angela.

Ce sont des hommes noirs et blancs et marron, jeunes et moins jeunes ; certains portent un costume-cravate et d'autres un blue-jean déchiré ; tous sourient à Marina et lui disent Enchanté en lui serrant la main.

– Tu fais attention ? Marina trouve le courage de poser la question à sa sœur à voix basse, un soir sur le pas de la porte. Je t'en supplie, fais attention, je ne sais pas ce que je deviendrais s'il t'arrivait quelque chose.

– Est-ce que je fais attention ? répète Angela en louchant et en tirant la langue. Évidemment que je fais attention, sœurette. Les capotes sont le premier pas sur le chemin des décapotables.

Et elle pose sur la joue de sa sœur un baiser sonore.

Marina ne fait aucun effort pour se souvenir des noms des hommes d'Angela : ils sont trop nombreux, à ses yeux interchangeables. De façon générale, il y a peu de choses qu'elle trouve dignes d'intérêt dans le monde qui l'entoure. Quand, en route vers la rutilante banlieue universitaire, son train traverse le ghetto éventré et affamé, corrodé par la drogue et lacéré par les cris de sirènes, elle est toujours plongée dans la lecture de Primo Levi ou de Simone Weil. Elle lit constamment, constamment, la tête baissée ; ses trajectoires de chaque jour et chaque semaine sont aussi immuables que celles d'un prisonnier.

Un dimanche, comme Angela est occupée, elle déroge à cette règle et passe l'après-midi au zoo. Tout de suite elle comprend que c'est une erreur. Les arbres sont dénudés, le ciel sale et venteux, même les buissons paraissent vils. Raide comme un piquet, Marina marche au milieu des détritus qui jonchent les pelouses.

Un homme la croise en susurrant des obscénités et en se frottant l'entrejambe. Elle accélère le pas, le crâne fourmillant de terreur. Va-t-il la suivre ? la toucher ? l'éventrer ?

Mais quand enfin elle jette un coup d'œil en arrière, il n'y a personne.

Arrivée devant la cage aux lions, elle voudrait en devenir l'un des barreaux : s'aligner droite et inamovible parmi les autres barres de fer. Et puis

elle voit ce qui se passe à l'intérieur de la cage.

Le lion et la lionne. Ils grondent, s'étirent, se frottent l'un contre l'autre, se mordillent et se tapent, roulent et bâillent, s'excitent avec lenteur, avec magnificence

La sensualité qui se dégage de cette sorte de danse est d'une beauté et d'une gravité extrêmes

Marina reste là, en proie à la nausée mais incapable de décoller ses yeux des deux fauves accouplés.

Je suis là parce que Lin et Derek ont un jour roulé ainsi

Lin est maintenant à Paris avec sa compagnie et le raclement dans sa hanche n'est pas parti, au contraire il s'est aggravé pour devenir ce qu'elle ne peut appeler autrement que de la douleur. Elle souffre en permanence. La pelle creuse et crisse même pendant la nuit, la privant de son sommeil. Et elle ne peut pas se permettre d'être fatiguée : la troupe a des engagements à travers l'Europe pour les quatre prochains mois. Lin a besoin de toute la fluidité lisse et huileuse de ses membres, elle ne peut continuer avec ce méchant pincement, là, toujours là

Le médecin français lui parle en anglais. Le mot qu'il prononce est celui d'arthrose

— Arthrose juvénile, dit-il, et le sang de Lin se glace.

Mais le pronostic, lui assure le docteur, est excellent.

— De nos jours nous savons opérer ces choses-là. Vous serez sur pied d'ici un mois.

— D'ici un mois. Sur pied, répète Lin, la bouche sèche.

Le médecin sourit en hochant la tête. Elle le regarde : ses yeux enregistrent cet air de bienveillance condescendante, les dents blanches étincelant derrière une moustache grise, les lunettes perchées sur un nez crochu. Elle se souviendra de ce personnage. Il vient de sonner le glas de sa carrière.

– Quels sont tes souvenirs de Lin ? demande Angela un dimanche matin dans un café du centre-ville, les lèvres roses maculées de fromage blanc.

– D'avant, tu veux dire ?

Elles n'ont pas vu leur mère depuis plus de deux ans.

– Voyons… dit Marina. Je me souviens qu'une fois en été on est tous allés se promener dans les collines, elle portait un short blanc, on a escaladé toutes les deux une pente assez abrupte et puis elle m'a mise entre ses jambes et on a glissé sur les fesses jusqu'en bas. Après, papa s'est moqué d'elle parce qu'elle avait tout le derrière couvert de taches vertes et elle a ri, ri aux larmes… tu t'en souviens ?

– Non, dit Angela.

– Je me demande pourquoi je me souviens de ça, dit Marina, pensive. Et toi ?

– Oh ! moi ce n'est pas pareil, dit Angela. Je me souviens de plein de choses.

– Mais de quoi, par exemple ?

Angela réfléchit.

– Eh bien, je me souviens que je montais parfois dans sa salle de danse pour la regarder travailler avec ses danseurs. Elle était assise par terre, les yeux rivés sur eux, elle hochait légèrement la tête au rythme de la musique… Quand je la voyais comme ça de profil, si belle et si absorbée, je me rendais compte que pour elle je n'étais tout simplement pas là. La maison aurait pu prendre feu, elle n'aurait pas détourné le regard de ces corps : elle les *faisait* danser, tu comprends, c'étaient ses yeux qui imprimaient tous leurs mouvements… Oui, l'intensité de son regard, c'est de ça que je me souviens le mieux. Je n'arrivais pas à croire qu'elle finirait par revenir sur terre, tourner sa tête vers moi, me reconnaître et me sourire…

La serveuse leur ressert du café ; Angela met du sucre dans le sien et le remue, un sourire rêveur aux lèvres.

– Tu te souviens d'être allée à l'enterrement de son père ? demande-t-elle.

– Non, dit Marina.

– Tu as mis de la boue sur son nouvel imper et elle était furieuse.

– Elle était furieuse parce que j'avais mis de la boue sur son imper ?

À l'expression blessée, incrédule de Marina, Angela éclate de rire. Au bout d'un moment, Marina se met à rire aussi et les deux sœurs répètent encore et encore, riant de façon hystérique : Elle était furieuse parce que j'ai mis de la boue sur son imper ?

Lin regarde fixement son corps, allongé sur le lit d'hôpital, incroyablement long dans la robe en coton vert pâle

elle remue ses orteils nus, qui lui semblent à des kilomètres de distance

je n'ai pas été hospitalisée depuis Marina

C'est le matin tôt, elle entend des pépiements aigus d'oiseaux tandis que l'infirmière approche, ses yeux bruns inquiets, pour lui administrer l'anesthésique

– Je suis vraiment désolée, madame Lhomond, murmure-t-elle, en français, se penchant sur Lin.

Quand Lin émerge, les oiseaux ne pépient plus. Il fait nuit. Elle ne sent rien du tout.


Ses danseurs viennent lui rendre visite. Fleurs, bonbons, baisers, plaisanteries – tout cela est trop, trop sucré

– C'est une des interventions les plus peinardes de la médecine moderne, lui disent-ils. Ils font ça les doigts dans le nez. Quatre-vingt-dix-neuf pour cent de réussite. Tu verras, tu seras sur scène en un rien de temps.

On lui a mis un nouveau col, en plastique. Elle peut le voir sur les radios. Elle étudie les radios, longuement et gravement, chaque soir après la dernière visite des infirmières.

Le matin elle va, obéissante et silencieuse, à sa séance de kinésithérapie. Rapidement les béquilles sont remplacées par une canne

et puis, oui, elle peut marcher à nouveau

elle peut marcher

Le personnel médical la félicite, lui serre la main, lui souhaite bonne chance

Elle rattrape ses danseurs à Copenhague, toute la troupe est là à l'aéroport pour l'accueillir, tous ces visages familiers et bien-aimés : en sortant de la douane, elle les voit qui font un effort conscient pour ne pas regarder ses jambes, ne pas remarquer qu'elle claudique encore.

Trois villes plus tard, à Munich, elle est obligée de reconnaître que cela ne va pas. Malgré son respect rigoureux du régime qu'on lui a prescrit, malgré les heures de repos et les exercices prudents, la douleur ne fait qu'empirer chaque jour. Des rayons X allemands révèlent l'erreur française : le col du fémur que le chirurgien a inséré dans le corps de Lin est trop long, de trois centimètres.

Elle pourrait porter plainte, bien sûr, lui dit le médecin allemand. Et quant à lui, il pourrait la réopérer, bien sûr. Mais de toute façon, l'os est endommagé de façon irréversible.

Elles sont en sous-vêtements, assises sur le lit d'Angela, et Marina est en train de tresser les cheveux blonds de sa sœur en plusieurs dizaines de nattes fines.

Soudain Angela bondit du lit, les nattes sautillantes, et s'exclame :

– Je viens d'avoir une idée pour un nouveau numéro… C'est une mère qui abandonne ses enfants.

Elle ferme les yeux un instant pour aiguiser sa concentration, puis, collant sur ses traits une expression grave et altruiste, se lance.

– Je l'ai fait pour eux, dit-elle. Tout le monde se plaint toujours des mères envahissantes, des mères manipulatrices, des mères étouffantes : moi, vous comprenez, je ne voulais pas être accusée de ces crimes-là. Je voulais que mes enfants soient forts, libres, indépendants. Voilà pourquoi je les ai quittés… et regardez le résultat ! Johnny a eu son permis de conduire à quatre ans, Susie son doctorat à huit ! Voilà ce que j'appelle de l'indépendance ! Je suis tellement fière d'eux…

Le rire de Marina éclate, trop fort pour être authentique. Tendant la main vers son paquet de cigarettes sur la table de nuit, elle en prend une et l'allume.

– C'est tellement curieux, n'est-ce pas ? dit-elle au bout d'un moment, et la fumée sort de sa bouche en même temps que ses paroles. Il suffit d'imiter les adultes pendant assez longtemps, et on finit par en devenir un.

Angela glousse en hochant la tête. Elle regarde sa sœur avec tendresse.

– Enfin, soupire Marina avec un haussement d'épaules exagéré. Là où il y a de la mort, il y a de l'espoir.

Toutes deux rient de bon cœur.

Environ une fois par mois, elles rendent visite à Derek et Rachel. Le voyage prend deux heures et à chaque fois Marina se sent parfaitement heureuse près d'Angela au volant, Angela qui bavarde et mâche du chewing-gum et fredonne les airs de la radio pendant que Marina l'écoute et fume des cigarettes, les pieds sur le tablier.

Elles se garent devant la grande et vieille maison et appuient sur le klaxon. Deux personnes sortent pour accueillir deux personnes. D'abord Rachel embrasse Marina et Derek Angela, ensuite l'inverse.

Les cheveux de Rachel sont tout à fait gris maintenant et elle a besoin de lunettes pour lire, Derek a pris de l'embonpoint et commencé à perdre ses cheveux ; les filles sont dépitées de voir leurs parents imiter les signes les plus conventionnels de l'âge mûr.

Rachel et Marina marchent ensemble dans la forêt, bras dessus bras dessous, c'est un jour de novembre sombre et elles peuvent voir leur haleine. Quand elles arrivent au pont, Rachel dit tout doucement à sa belle-fille, les yeux posés sur la ligne noire tortueuse de l'eau :

– Tu sais, ma chérie... Sean Farrell est en train de mourir.

– Oh, maman, souffle Marina. Je suis désolée.

– Il a un cancer du poumon, et il va mourir, et je l'aime encore.

– Oui je sais...

– Il a quarante-neuf ans, et il sait qu'il va mourir, et personne n'y peut rien. Et je déteste quand les gens disent qu'il n'aurait pas dû fumer autant.

– Oui.

Marina serre l'épaule de Rachel à travers son épais manteau d'hiver.

– Tu crois que Lin a claqué la porte quand elle est partie ? demande-t-elle à Angela alors qu'elles rentrent à la ville en voiture sous une pluie torrentielle.

– Non, je ne crois pas.

– Tu crois qu'elle l'a refermée normalement à clef ?

– Oui.

Les essuie-glaces repoussent aux quatre coins du pare-brise de superbes courbes frissonnantes de pluie.

– En sachant que c'était pour la dernière fois ?

– Oui.

– Et tu crois… tu crois qu'elle nous a embrassées ce matin-là ?

– Oui.

Il y a une pause, il fait chaud dans la voiture, les essuie-glaces battent comme un cœur.

– C'était dur pour toi ?

Angela fronce les sourcils.

– C'est drôle, dit-elle. Je crois que le plus dur, c'était ses affaires. J'avais toujours aimé ses affaires, tu sais ? Caresser ses robes et ses sous-vêtements, emprunter ses bijoux, tripoter ses flacons de parfum et de vernis à ongles… D'un seul coup, toutes ces choses avaient disparu. Hop ! parties ! C'est de ça que je me souviens le plus. L'étagère vide dans la salle de bains. Les tiroirs vides de sa commode… Son odeur est restée dans l'air pendant des mois.

Lin n'annule pas les engagements de sa compagnie, non : au lieu de cela, elle retravaille ses chorégraphies et en retranche son propre corps.

Marina recopie dans ses cahiers les passages qui la frappent le plus dans ses lectures. Elle a énormément appris. Elle a appris que certaines mères, dans les camps, lorsqu'elles étaient sûres que la chambre à gaz était pour le lendemain, tailladaient les veines de leurs filles pendant la nuit.

Marina se tourne et se retourne dans son lit : avec quoi les mères accomplissaient-elles cet acte de miséricorde ? Il n'y avait pas de verres en verre dans les baraques, elle en est sûre, pas de bouteilles non plus, où avaient-elles trouvé les tessons coupants pour prouver leur amour ?

Les seules nuits où Marina s'endort facilement sont celles qu'elle passe à Manhattan dans le grand canapé-lit de sa sœur à Union Square, avec ses oreillers rebondis et son édredon en duvet d'oie. Angela dort nue et Marina, vêtue d'un pyjama chinois en soie noire, se blottit contre le corps de sa sœur et sombre dans le sommeil, la tête posée sur sa poitrine.

C'est le mois de janvier et la ville elle aussi est drapée de duvet d'oie, la ville elle aussi se tourne et se retourne sous sa blanche couverture

– J'ai une surprise pour toi, annonce Angela à Marina pendant qu'elles prennent le petit déjeuner.

La surprise sonne à la porte quelques instants plus tard : ce sont deux hommes, un pour chacune.

Angela a été judicieuse : l'homme qu'elle a choisi pour sa sœur est quelqu'un de tranquille et de bon ; il ressemble à un grand ours rassurant. L'autre, celui dont elle-même est amoureuse en ce moment, a une épouse et plusieurs enfants. Ce jour-là, ils se livrent tous les quatre à une somptueuse bataille de boules de neige dans Central Park ; ensuite ils se régalent ensemble d'un chocolat chaud ; à partir de ce jour-là, l'ours réconfortant est là chaque week-end pour Marina.

Les deux couples sortent ensemble. Ils vont au cinéma et au restaurant, boivent et parlent et rient tellement que Marina commence à se demander si elle ne serait pas en train de tomber amoureuse, elle aussi. Elle voit la manière dont Angela rayonne en présence de son amant, puis, regardant à la dérobée son propre grand ours chaud, elle rougit et détourne les yeux, n'osant pas encore rayonner elle-même. Quand sa grosse patte brune lui frôle le visage, c'est comme un marteau dont on se servirait pour écarter délicatement une plume, et elle tressaille

mais il procède avec lenteur et précaution, conscient qu'il est le premier et qu'il ne faut pas l'effaroucher.

Seuls ensemble, ils parlent moins que lorsqu'ils sont avec Angela et son amant, mais l'homme lui dit qu'il admire son silence parce qu'il recèle des mondes de sagesse

et ses notes à l'université semblent lui donner raison : elle termine sa première année d'études en beauté

et puis, certain samedi frisquet du mois d'octobre de sa deuxième année, l'homme vient la chercher à son campus et remonte avec elle la côte vers le nord, la voiture réverbérant de country et de blues. Ils se garent devant l'océan Atlantique et l'ours chaud explore de sa langue la grotte de la bouche de Marina tandis que le moteur et le chauffage et la musique continuent de vibrer,

mais lorsqu'il lui prend la main pour l'appuyer contre son désir, la nausée l'étrangle et elle ne peut, non, ne peut tout simplement pas

rigide et crispée, elle insiste pour qu'il la ramène à son dortoir

ne le laissera plus la toucher, ne le reverra plus

À la suite de cet épisode elle se cramponne encore plus à ses études. Finies les folâtreries, se dit-elle ; il y a tant de choses à comprendre. Elle passe non seulement ses jours mais ses nuits à graver en encre indélébile dans son cerveau les images de la déportation et des camps de la mort, insurrections écrasées dans le sang, faim, barbelés, crânes de bébé fracassés contre les murs ; elle sent qu'elle-même est une lumière et qu'elle doit pénétrer ces ténèbres, explorer leurs moindres recoins, sonder leurs profondeurs

mais pour être cette pure lumière, elle doit éviter d'assumer trop de substance. Ses lois en matière de nourriture et de sommeil deviennent de plus en plus astreignantes. L'élancement constant à l'arrière de sa tête, les plaintes sourdes de la faim dans son estomac agissent sur elle comme des stimulants qui lui permettent de travailler toute la nuit. Moins elle mange et mieux elle arrive à se concentrer.

Rachel et Derek écrivent à Lin : des lettres succinctes et sporadiques qui, la rattrapant enfin après avoir joué à saute-mouton avec ses adresses successives, la tiennent plus ou moins au courant de leur vie, et de la vie des enfants.

C'est ainsi que Lin entend parler de la mort de Sidney

l'achat par Violet, avec les économies de son cher défunt, d'une maison en Floride

la première tournée d'Angela sur le circuit des clubs privés

l'essai époustouflant de Marina sur la notion du mal chez Heidegger et Arendt

la ménopause précoce de Rachel

l'ulcère fraîchement opéré de Derek

Elle-même leur envoie essentiellement des cartes postales. Aucune d'entre elles ne fait allusion à sa hanche

Lin est à Tokyo, au pays de *Madame Butterfly*.

La grande Pavlova avait dansé, enfant, avec des papillons. Des années plus tard, chaque fois qu'elle exécutait son célèbre solo de quarante secondes *le Papillon* – hissée sur la pointe des pieds, battant les doigts et les cils avec une légèreté et une vélocité inhumaines –, la salle entière était électrisée, vibrante, emplie de minuscules ailes bruissantes… Lin, elle, s'occupe des *Papillons de la nuit* : elle a pris la dernière chorégraphie de Nijinski, restée à l'état d'ébauche, et l'a portée sur scène.

Ses cheveux sont teints en gris et jaune. Assise devant la glace de sa coiffeuse, vêtue d'un peignoir fripé à motif fleuri, elle barbouille ses joues de rouge, enduit ses paupières d'indigo, dessine sur son front des rides profondes, étire ses lèvres en un énorme sourire artificiel. Ensuite elle se regarde dans la glace ; ou plutôt, c'est son personnage qui la regarde et qui l'approuve : d'accord, oui, vous avez le droit de m'incarner.

Quand le rideau se lève, les prostituées sont enroulées par terre dans leur cocon, prostrées et immobiles. Le soleil traverse le ciel accompagné d'une musique discordante, et, quand les ombres se mettent à s'épaissir, les putains se tortillent et frétillent au sol comme des vers de terre. Émergeant de leurs couvertures chaudes et gluantes, elles se secouent et commencent leurs préparations pour le vol de la nuit. Elles revêtent des robes à volants et à rubans, font cliqueter mille bijoux, se maquillent avec soin – mais elles n'ont pas de visage, elles sont masquées et ce sont les masques qu'elles fardent de façon si méticuleuse.

Lin joue la madame, la cocotte jadis belle, maintenant flétrie, paralysée. Elle a tout vu. C'est une spécialiste de l'éphémère – pauvres passions, faux espoirs, illusions ardentes – mais elle continue de faire son métier. Installée au centre de la scène, hideuse et omnipotente dans sa chaise roulante, elle dirige le trafic de l'amour, vendant filles aux garçons, jeunes aux vieux, femmes aux femmes, hommes aux hommes.

Les corps inquiets se tirent et se poussent, pilonnent et frappent, exécutent des gestes d'une indicible tendresse lyrique puis sombrent brusquement dans la brutalité, atteignent des sommets d'harmonie dignes de Michel-Ange puis dégringolent jusqu'aux tripotages de chiottes publiques. Les papillons masqués voltigent par saccades autour de la scène, s'accouplant et se séparant et s'accouplant encore, sous le regard las et blasé de leur maîtresse.

Angela n'a plus besoin de travailler comme serveuse, ni de coucher avec sept hommes différents pour payer son loyer : ses engagements de comédienne sont, sinon réguliers, du moins lucratifs, et elle continue d'être heureuse avec son amant marié

tellement heureuse que lorsqu'un bébé prend racine en elle, elle le laisse pousser.

– Mais que vas-tu en faire ? demande Marina, voyant enfler semaine après semaine le ventre de sa sœur. Où le mettras-tu ? Comment pourras-tu t'en occuper ?

Mais le grand sourire d'Angela ne fait que s'agrandir encore, comme si l'enfant en elle portait en lui les réponses à toutes les questions du monde.

Au cours des mois suivants, Rachel assiste à l'agonie de Sean Farrell dans un état de rage impuissante. Elle a besoin d'en parler avec quelqu'un et il n'y a qu'une seule personne au monde qui puisse l'entendre.

*Je suis allée chez lui la semaine dernière*, dit la lettre que Lin reçoit à Tokyo. *On a déjeuné ensemble et il a plaisanté en disant qu'on lui avait arraché ses ailes d'ange… Je ne peux plus voler ! disait-il. Je ne volerai plus jamais… Il a été opéré deux fois. On lui a enlevé tout le poumon gauche, et puis un nouveau nodule est apparu sur le droit alors ils ont enlevé un morceau de celui-là aussi, de sorte que maintenant il a du mal à respirer… Il a ôté sa chemise pour me montrer les deux longues cicatrices en courbe sur son dos, sous les omoplates. Et il avait raison : on aurait dit qu'il avait eu des ailes, et que quelqu'un les avait arrachées, pour recoudre ensuite l'endroit de la déchirure. Ensuite, se retournant vers moi, il m'a montré sa poitrine nue. Ses seins ont gonflé et il a des douleurs lancinantes aux mamelons. Il m'a dit : Regarde, ils sont en train de me transformer en femme. Et puis il m'a demandé de lui toucher les seins. Alors j'ai posé les mains dessus, très doucement… Et au bout d'un moment je lui ai dit : À toi maintenant – tu comprends, Lin ? Il a pris mes seins dans ses deux mains et il est resté un long moment ainsi, sans bouger, à me regarder en pleurant, les yeux grands ouverts.*

Ce soir-là c'est relâche : Lin sort et marche au hasard dans les rues de Tokyo en s'aidant d'une canne. La surface des choses semble briller d'un éclat dur, l'éclat de l'absence de Sean. Chaque chose qu'elle voit – chaque bicyclette, enseigne, visage, caillou – est une chose que Sean ne verra jamais. Cette ville et toutes les villes du monde lui seront retirées d'un seul coup. *Le monde.* Non seulement l'endroit que j'ai sous les yeux mais tous les endroits – déserts, jungles, couchers du soleil, bords de mer, montagnes, landes – seront désormais des endroits où Sean n'est pas. Plus de réalité pour Sean, et plus de Sean pour la réalité…

Elle marche ainsi une bonne partie de la nuit, se perdant à plusieurs reprises, réveillant la vieille douleur dans sa hanche. Elle remercie cette douleur de lui rappeler qu'elle est au monde, un monde que sa simple existence rend sublime

Lorsque les contractions commencent, Marina se trouve à New York avec Angela. Il n'y a pas d'homme en vue.

– Tu te rends compte ? dit Angela. Je me rappelle le jour où Lin est partie à l'hôpital pour te mettre au monde.

– Non, dit Marina, c'est impossible. Tu n'avais que trois ans, comment pourrais-tu t'en souvenir ?

Angela fait une grimace de douleur avant de répondre. Elle consulte sa liste, fourre encore quelques affaires dans sa valise.

– Je me souviens qu'elle a pris un bain et j'ai dit Est-ce que tu as tes *concractions*, maman ? et elle m'a dit Eh ! oui.

– Non, dit Marina avec fermeté. Elle t'a raconté ça plus tard, tu as seulement l'impression de t'en souvenir.

Elles avancent lentement en taxi à travers les embouteillages de Greenwich Village, Marina serrant la main de sa grande sœur. Toutes les quelques minutes, le corps d'Angela se tend et elle écrase les doigts de Marina.

– À quoi ça ressemble ? murmure Marina, quand la pression sur sa main se relâche.

– Je suis bien contente que tu sois là, sœurette, dit Angela.

La tête de Marina se met à tourner.

– Je resterai avec toi dans la salle d'accouchement, si tu veux, dit-elle.

– Je suis bien contente que tu sois là, répète Angela, parce que je viens d'avoir une idée pour un nouveau numéro. Écoute… C'est un chauffeur d'ambulance, tu vois, un chauffeur d'ambulance qui aime bien prendre les choses à son rythme. Un type hyperdécontracté, si tu vois ce que je veux dire. Bon, alors, il a quelqu'un à l'arrière, une victime d'accident passablement écrabouillée, sa sirène hurle à toute berzingue et il descend tranquillement la Cinquième Avenue à, disons, quinze à l'heure… Soudain il voit un feu vert et il se dit : Mon Dieu, ce feu-là m'a tout l'air d'être sur le point de virer au *jaune* ! Alors il ralentit à cinq à l'heure et effectivement, au bout d'un moment, le feu passe au jaune. Alors le type se dit : Eh ben, autant m'arrêter tout de suite. Et pendant qu'il attend au feu rouge, il y a un taxi qui s'arrête à sa hauteur, c'est une journée très chaude, tu vois, ils ont les vitres baissées : Salut ! – Ça va ? – Z'avez entendu les résultats du match, hier soir ? – Ouais, hein… incroyable. L'estropié derrière est en train de pousser des gémissements et de pisser le sang, mais notre ami trouve qu'il commence à faire un peu soif, alors quand il arrive à Washington Square il décide de boire un coup à la *Cedar Tavern*. Il se gare en double file, la sirène hurlant toujours, et entre dans le bar en roulant les mécaniques – Bonjour tout le monde ! Ça gaze ? Ouais, je prendrais bien une petite Bud. Se gratte le ventre, allume une clope… Ah ! merci. Avale sa bière à grosses gorgées, se lèche les babines… Mmm, que c'est *bon*, ça. Eh ben, faudrait que je me grouille, là, y a quelqu'un qui m'attend…

Une contraction oblige Angela à s'interrompre ; elle appuie contre ses dents les articulations de ses doigts. Quand la douleur retombe, elle dit :

– Alors Marina, c'est drôle ? Tu trouves ça drôle ou pas ?

– C'est désopilant, dit Marina. Sérieusement, Angie. C'est très, très drôle.

Angela hurle.

– Très bien, dit l'obstétricienne. Je vois déjà sa tête. La voilà !

– C'est vrai ? dit Angela, riant et pleurant et ruisselant de sueur. C'est vrai ? Vous pouvez voir sa tête ?

– Absolument ! et je peux vous dire qu'il a une sacrée chevelure, ce bébé ! Regardez, ajoute-t-elle, faisant signe à Marina d'approcher.

Le cerveau de Marina fait la roue dans sa tête. Serrant les paupières, elle dit tout bas :

– Beaucoup de cheveux…

Angela hurle.

– Poussez, dit le médecin. Allez-y, poussez de toutes vos forces, ça y est presque.

Maintenant c'est la main de Marina qui écrase celle d'Angela. Même les yeux fermés, elle continue de voir le sang qui goutte, le visage de sa sœur contorsionné dans un effort inhumain, l'étreinte orgasmique de douleur sauvage et de joie sauvage...

comme ça d'abord tu nous pousses d'entre tes cuisses et ensuite tu nous repousses, J'ai besoin de danser – la danseuse qui a redécouvert le sol – eh bien mange-le, maman, vas-y, tu l'aimes tellement ce putain de sol, bouffe-le, mâche le parquet, t'es toute desséchée, maman, plus rien que de la chair de poule et des os de coq, une âme étiolée, remplie de sable et de limon et de fumée, oh tes flûtistes de bois soufflant dans les flûtes creuses du désert, tambour sec et guitare sèche, pince pince pince les cordes, arrache les plumes une à une – épines de cactus mexicains dans ton vagin – becs d'aigles piquant tes yeux – crânes blancs aux orbites béantes – aux dents qui claquent – soleil du désert réduisant la vie en cendres – laisse brûler les os – que tout le sang s'écoule – que la peau soit entièrement vidée oui dessèche-toi maman – et brûle ! rangées rouges et sèches de falaises comme autant de dents – des dents maman – ça mord ! sa mort !

... et puis l'enfant jaillit en un giclement triomphal de rouge de bleu et de violine, on est en train de sectionner l'épais cordon tordu et de retirer d'Angela la masse lourde et glissante du placenta, Marina hurle elle aussi mais ce sont des hurlements de cauchemar, sans son, il ne faut pas qu'elle vomisse ni qu'elle tombe par terre en agitant les bras et les jambes, oh mon Dieu cette chose est une personne, ces formes visqueuses sont des membres humains, cette masse molle à l'entrejambe ce sont des organes génitaux, cette chose est un garçon.

L'enfant est nommé Gabriel, pour personne en particulier.

C'est Marina qui appelle Derek et Rachel pour les informer qu'ils sont devenus grands-parents.

Quelques jours plus tard, elle retourne à son campus et se jette dans le travail avec une énergie décuplée. Il y aura désormais moins de place pour elle dans l'appartement d'Angela, moins de temps pour elle dans sa vie.

Angela trouve une jeune Portoricaine pour garder son bébé le soir quand elle travaille. Le père, qui a déjà du mal à nourrir ses rejetons légitimes, ne pourra guère contribuer à l'entretien de ce bâtard ; il continue toutefois d'être profondément amoureux d'Angela, et c'est tout ce qui compte.

Un jour, au milieu d'un exposé sur Nietzsche, Marina tombe évanouie par terre devant la classe. Revenant à elle à l'infirmerie, elle se défend d'être malade – Mais non je vais tout à fait bien, ce n'est rien du tout, ce n'est pas la peine d'inquiéter mes parents – et sa fougue est telle qu'on la relâche sans plus de questions.

La semaine suivante, ouvrant le magazine du *Sunday Times*, elle tombe sur sa mère.
Pas Rachel : Lin.
Les lettres sont là, Lin Lhomond en noir sur blanc, accompagnées d'une photo pleine page en couleurs, une photo récente du corps de sa mère, le corps dont elle, Marina, est sortie. Doit venir bientôt à New York. Avec sa compagnie de danse internationale.
son sourire
Mais comment ose-t-elle sourire au photographe ?
Dans sa chambre du dortoir Marina se lève abruptement, va à grands pas jusqu'à la glace et tient la photographie de sa mère près de son visage à elle
Lin Lhomond a perdu sa beauté ; cela au moins est clair

– Dis-moi, Angie, dit Marina au téléphone, d'une voix épaisse, tu n'aurais pas envie d'aller voir danser notre mère ?
– Tu n'as pas lu l'article ? dit Angela. Elle ne danse plus.
Marina hoche la tête négativement, comme si sa sœur pouvait la voir.

– Elle a été opérée de la hanche à Paris, poursuit Angela, et les médecins se sont gourés. Elle boite depuis.

Marina continue de secouer la tête.

– Elle ne fait plus que les chorégraphies.

Les mains de Marina tremblent en composant le numéro du théâtre où doit jouer la compagnie de Lin.

– Mais je suis sa fille ! insiste-t-elle, après qu'une voix condescendante a balayé sa demande. Elle ne savait pas que je serais à New York ! Tout ce que je veux c'est le nom de l'hôtel où elle est descendue.

Mais, à cause de la boule dans sa gorge, sa voix sonne faux : comme celle d'une menteuse, d'une fan frustrée.

– Navrée, mademoiselle, dit l'autre fraîchement. Nous ne donnons jamais de renseignements concernant les artistes.

Les journées s'écoulent goutte à goutte : pour la première fois de sa vie, Marina est incapable de se concentrer sur ses études. Elle sent qu'il y a quelque chose, quelque chose – mais comment

Et puis Rachel lui téléphone, la voix chargée de larmes, et lui dit :

– Marina, c'est maman…

– Qu'est-ce…

– Marina mon amour… Sean Farrell vient de mourir.

Et soudain Marina voit comment.

Elle fait la queue cinq heures et achète la dernière place, une annulation, pour l'ultime représentation.

La salle est pleine à craquer et surchauffée, Marina a le cœur qui tambourine et la tête qui éclate, ses mains glacées serrent le programme dont chaque page hurle le nom de sa mère ; elle regarde les danseurs faire ce que sa mère leur a dit de faire.

C'est une danse sur le vieillissement. Lin a toujours su, depuis ses débuts, que la carrière d'une danseuse était une version miniature, impitoyablement condensée, d'une vie humaine ; ici elle l'a comprimée encore plus, resserrant en l'espace d'une seule soirée cet arc de la jeunesse à la vieillesse, vu non de l'extérieur comme perte de la beauté mais de l'intérieur : oui sa danse explore les secrets rouages lubrifiés de la chair dans son intimité la plus extrême ; ses danseurs sont des cellules de nerfs et de muscles et d'os, des globules sanguins – d'abord en expansion, mus par une vitalité électrique, puis ralentissant peu à peu, devenant turgescents, trébuchant, se cognant les uns aux autres, s'altérant oui – mais en beauté, en beauté –, dansant l'infection et le déclin inévitables, sculptant l'artériosclérose et les varices, les secousses et les spasmes du mal neurologique – mais en beauté – oui, cela aussi – acceptez, acceptez cette musique-là aussi, cette trahison, la dissonance puissante de cette débâcle.

Enfin la chose que Marina avait espérée se produit : parmi le rugissement des bravos et les séismes d'applaudissements, Lin Lhomond en chair et en os, tenant la main du chef d'orchestre et entourée de ses danseurs, marche en boitant jusqu'au milieu de la scène et salue la foule. Donc la voilà. Donc me voilà dans la même pièce qu'elle. Le public se lève comme un seul homme et Marina se lève aussi, puis se glisse se coule se faufile dans l'allée pendant que chute lentement le rideau

Comme toujours après un spectacle, Lin est seule dans sa loge ; quand on frappe à la porte elle sursaute en jurant – qui ose

– Qu'est-ce que c'est ?

plissant des yeux hostiles dans la pénombre

puis elle reconnaît sa fille, s'exclame, la tire dans la pièce avec elle, serre brièvement dans ses bras le corps rigide, mais Marina se dégage

toujours

toujours elle a refusé d'être dorlotée, câlinée, même tout bébé

– Tu es venue voir le spectacle ? dit Lin.

Marina hoche la tête, allume une cigarette et se met à la sucer comme un pouce, les bras étroitement croisés sur la poitrine.

– Tu as aimé ? dit Lin pour dire quelque chose, mais Marina se tait. Lin jette un coup d'œil vers sa coiffeuse où une petite bouteille de brandy se dresse à la place des flacons de fard, mais elle se retient, ne se verse pas à boire, tourne le dos à sa fille et va à la fenêtre.

Quand Marina parle enfin, d'une voix haut perchée, hivernale, c'est pour dire

– Je ne comprends pas. Je ne comprendrai jamais.

Lin hausse les épaules, agacée, et plonge les yeux dans la nuit gris-jaune de Manhattan.

Un long silence s'ensuit.

– Isadora aurait-elle dû porter une écharpe plus courte ? murmure-t-elle enfin. Si elle l'avait fait, elle n'aurait pas été Isadora.

– Au moins elle s'est étranglée elle-même, rétorque Marina. Alors que toi, c'est nous que tu as étranglées. Il aurait mieux valu le faire à la naissance et en avoir fini.

La colère se met à courir dans les veines de Lin : un soulagement.

– C'est pour ça que tu es venue, Marina ? dit-elle, d'une voix qu'elle s'efforce de garder ferme. Pour étaler ta douleur devant moi ? Tu en es tellement fière, n'est-ce pas ? Personne ne peut te l'enlever, ni même l'approcher... tu ne la lâcheras jamais, n'est-ce pas ? Tu seras toujours là à saigner en public.

Encore un silence.

– Non, dit Marina enfin. À vrai dire je ne suis pas venue là pour étaler ma douleur devant toi. Je suis venue te dire qu'un vieil ami à toi vient de mourir.

Lin se fige ; elle connaît les mots qui viendront ensuite.

– Sean Farrell. Tu te souviens de lui ?

– Évidemment que oui.

– Je suis sûre que maman... je veux dire Rachel... que ça compterait énormément pour elle si tu pouvais venir à l'enterrement. C'est dimanche après-midi, après-demain... On pourrait y aller ensemble, toutes les trois. Angie a une voiture. Elle a un bébé aussi, au cas où ça t'intéresserait. Il s'appelle Gabriel.

– D'accord, dit Lin au bout d'un moment. Je viendrai.

Ils sont dans la voiture, oui tous les quatre sont dans la voiture d'Angela en train de rouler vers le nord, le petit Gabriel roucoulant près de Marina sur le siège arrière et Lin assise à côté d'Angela au volant, Marina se penchant en avant, la tête entre les deux sièges, pour écouter sa mère et sa sœur parler du trac, leurs façons respectives de conjurer le trac

les routes sont verglacées et le voyage prend plus long-temps que d'habitude, le village est noyé dans le brouillard et la bruine, le cortège a quitté la maison de Sean Farrell et serpente déjà vers l'église catholique

prenant dans ses bras le paquet velouté qu'est Gabriel, Derek regarde Lin et ses yeux s'emplissent brusquement de larmes

Rachel, vieillie et émue, se jette au cou de son amie d'enfance et l'étreint si fort qu'elle manque de la renverser

ils entrent ensemble à l'église

à la fin de l'oraison funèbre Lin avance en claudiquant jusqu'au cercueil, prend l'encensoir pour esquisser au-des-sus de Sean le signe de la croix, retourne en claudiquant à sa place

il serait impensable qu'elle passe la nuit ailleurs que dans la grande et vieille maison

ces détails-là n'ont plus d'importance, les formes ne représentent plus rien, étant donné leur conscience aiguë qu'ils iront tous rejoindre plus ou moins rapidement leur vieux copain Sean Farrell dans la poussière...

– Viens chez nous, a dit Rachel simplement

et ils rentrent ensemble à pied à travers le triste crépuscule mouillé de février, Derek et Rachel et Lin marchant à quelques pas devant Marina et Angela qui poussent le landau de Gabriel, Rachel vacillant sous l'effet de l'émotion et Lin boitant, de sorte que Derek prend le bras de chacune de ses deux femmes et qu'ils avancent ainsi, bras dessus bras dessous bras dessus

et une fois arrivés à la bonne vieille maison, une fois qu'ils ont refermé la porte sur l'air glacial et pénétré dans le salon en une file indienne oscillante, Lin retire de sa valise trois bouteilles de vodka

– Tout droit de Moscou, annonce-t-elle, se régalant de voir les yeux de Rachel s'arrondir d'étonnement, puis se plisser de rire

Theresa a entassé du petit bois et des bûches dans la cheminée, servi sur la table un repas froid

Ce soir-là ils boivent ensemble tous les cinq, et Gabriel dort du sommeil des justes

– C'est une réunion de famille ! déclare Derek vers onze heures, à la fin de la deuxième bouteille.

Tout le monde rit à gorge déployée, y compris Marina

et plus tard encore, quand presque plus rien n'a de sens, et que Billie Holiday chante avec la voix navrante, brisée et épuisée de ses derniers mois, et qu'Angela flotte les yeux fermés autour de la pièce en balançant rêveusement les bras, et que Marina fume une cigarette avec délices, ayant constaté de ses propres yeux cet après-midi même que fumer peut tuer, Lin se penche vers Derek et l'embrasse longuement sur la bouche

– C'était tellement étrange, dit-elle, et elle regarde Rachel avec tendresse. Si incroyablement étrange d'embrasser un homme pour la première fois après avoir vécu tout ça... Tu comprends ? tu peux te l'imaginer ?

Rachel serre la main de sa vieille amie

– Leur disais-tu que tu avais des enfants ? demande Derek au bout d'un moment, mais Lin ne lui répond pas ; elle est en train de regarder fixement la cheminée, pensant peut-être à tous les feux de bois qu'elle y a allumés, des centaines de feux de bois, sans doute, en onze ans... Elle se sent très calme

tout est excessivement calme

– Je peux te préparer un lit dans ton ancienne salle de danse, si tu veux, dit Rachel enfin
– Oh ce serait merveilleux, acquiesce Lin. Je crois que je dois être fatiguée. Oui, c'est sûr. Je suis même... fourbue. Les filles dorment encore dans leurs anciennes chambres ? ajoute-t-elle à propos de rien
– Oui, oui.
– Eh bien. Eh bien. Drôle de vie, n'est-ce pas ?
Derek hoche la tête tout en se levant
– Drôle de vie, dit-il

Marina est calme aussi, maintenant. Dans sa chambre, toujours décorée de ses diplômes et certificats d'excellence du lycée, elle plonge dans un sommeil sans rêves, d'une profondeur sans précédent,
puis se réveille dans la paix de l'aube et monte l'escalier en rampant, monte jusqu'au deuxième étage où l'étoile dort elle aussi, l'étoile dont le visage est partiellement caché par un masque noir sans yeux et dont le bras gauche est rejeté sur le parquet près du matelas
Marina rampe, elle se voit ramper dans le mur de glaces, elle rampe en chemise de nuit jusqu'au bord du matelas de l'étoile, puis se glisse entre les draps et se blottit contre le corps endormi, le corps ivre mort et endormi avec sa hanche en plastique, le corps célèbre et fourbu dont la tête masquée, grisonnante et vide de rêves, a glissé loin de l'oreiller et dont le bras nu est jeté sur le parquet nu, ce même parquet sur lequel dansait ce même corps, devant ces mêmes glaces, il y a tant d'années, et Marina vient plus près encore, collant toute la longueur de son corps le long du corps de sa mère, puis appuie doucement l'oreiller contre le nez de sa mère et la bouche de sa mère, répétant encore et encore, dans un murmure ardent
– Je t'aime, je t'aime, je t'aime

le meurtre serait parfaitement indolore

Lin arrache son visage de l'oreiller qui l'étouffait et quitte, égarée et titubante, le lit de sa chambre d'hôtel à Manhattan

sa tête est lourde, fébrile

Elle va lentement en boitant jusqu'à la salle de bains, s'asperge le visage d'eau fraîche et le lève vers la glace. Ses yeux fixent ses yeux, son regard est clair et ferme et cela l'aide à se remettre de son cauchemar : elle est habituée maintenant, plus qu'habituée, endurcie

Tandis qu'elle termine sa toilette, le téléphone sonne. C'est le service des chambres, l'informant qu'il est onze heures et que son petit déjeuner est prêt. Les filles arriveront vers midi et l'enterrement de Sean est prévu pour trois heures, pauvre cher Sean, l'homme qui m'a dit un jour que l'université n'était rien d'autre qu'un univers fracassé, on pourrait dire le contraire tout aussi bien, que l'univers n'est rien d'autre qu'une université fracassée. Je passerai sans doute la soirée avec Derek et Rachel. Ce sera étrange – se dit Lin tandis que, dans son cerveau, tressaille un lambeau de son rêve –, extrêmement étrange mais merveilleux tout de même de les revoir. Ils m'inviteront à passer la nuit à la maison, peut-être seulement par politesse, je réserverai une chambre en ville pour le cas où. Mais s'ils insistent je resterai chez eux, puis je prendrai le car pour Boston à neuf heures

Elle a promis à ses danseurs d'être à Boston pour la générale, le lendemain après-midi

Lin va à la fenêtre. Trois étages plus bas, le monde humain vaque aveuglément à ses affaires dominicales. Des couples d'amants flânent sur le trottoir, s'appuyant tendrement l'un contre l'autre et se réchauffant aux souvenirs de la nuit précédente. Une nourrice noire pousse le landau d'un bébé blanc. Une cloche d'église sonne violemment pour convoquer les derniers paresseux à l'office. Un bus passe en trombe, levant des arcs de neige boueuse.

Tout cela est à moi

*Ardenais (Cher) janvier 1992 –*
*Cambridge (Massachusetts) mars 1994*

4931

Achevé d'imprimer en France (La Flèche)
par Brodard et Taupin
le 18 décembre 2006. 39048
Dépôt légal décembre 2006. ISBN 2-290-31547-8
EAN : 978-2-290-31547-7
1er dépôt légal dans la collection : juillet 1998

Éditions J'ai lu
87, quai Panhard-et-Levassor, 75013 Paris
*Diffusion France et étranger : Flammarion*